초동 이문학 시인의 제2시집

잠자던 영혼을 깨우는 젊은 태양아

도서출판 지식나무

"잠자던 영혼을 깨우는 젊은 태양아"를 펴내면서

부드러운 새벽빛이 스며들 때
새로운 날의 시작을 알리는
젊은 태양이 수평선 위로 떠오른다

이 태양은 단순한 빛이 아니다
그것은 우리의 영혼을 깨우는
깊은 잠에서 깨어나게 하는
새로운 날의 희망과 같다

이문학 시인의 시집 "잠자던 영혼을 깨우는 젊은 태양아"는
이러한 젊은 태양의 상징성을 담고 있다
이 시집은 독자들에게 영감을 주어
잠자던 영혼을 깨우고
새로운 시각과 열정을 불러일으킬 것이다

젊은 태양은 우리를 비추며
우리의 내면에 잠들어 있던 열정을 일깨운다
그것은 우리의 상상력을 자극하며
현실에서 벗어나 새로운 세계를 탐험하도록 이끈다

이 시집은 젊은 태양의 빛처럼
우리의 삶에 따뜻함과 빛을 가져다줄 것이다
그것은 우리의 마음을 움직이며
우리의 영혼을 깨우는 음표들이다

젊은 태양은 우리의 꿈을 향해
우리를 안내하는 등대가 되어준다
이 시집은 우리에게 새로운 길을 보여주며
우리가 더 나은 자신이 되도록 도와줄 것이다

이 시집 “잠자던 영혼을 깨우는 젊은 태양아”는
젊은 태양의 힘과 상징성을 통해
독자들에게 희망과 영감을 선사할 것이다
이 시집을 통해 우리는 새로운 세상을 발견하고
우리의 영혼을 깨우는 경험을 할 것이다

이 시집은 젊은 태양의 여정과 함께
우리의 내면을 탐험하고 성장시키는
놀라운 모험의 시작이다.

2025년 4 월 5일

봉화 초동의 뜨락에서 이 문 학 드림

차 례

"잠자던 영혼을 깨우는 젊은 태양아" 를 펴내면서

가을바람이 흩날리는 낙엽의 추억 ··· 1
가장 먼저 나를 떠올려 줄 사람 ··· 2
구름을 벗 삼아 ··· 3
구름이 그린 하늘의 동화 ··· 4
그대 품에 잠들고 싶네 ··· 5
그대 향한 소망가 ··· 7
그대여, 무한 긍정의 아이콘처럼 ··· 8
그대와 함께 사뿐사뿐 걷고픈 오솔길 ··· 9
그대의 눈빛에 나를 담고 ··· 10
그림자 속에서 춤추는 마음 ··· 11
그치지 않는 비는 없어 ··· 12
기억의 조각보 ··· 13
꽃의 속삭임 ··· 14
꽃잎에 묻어나는 향기를 따라 ··· 16
꿈과 현실의 경계에서 ··· 17
꿈의 정원 ··· 20
나 없인 세상도 없다 ··· 21
나를 살리는 사랑 ··· 23
나이야 가라 ··· 24
노을이 전하는 사랑의 노래 ··· 25
노을이 전하는 하루의 마지막 인사 ··· 26
달빛 아래서 춤추는 그림자의 이야기 ··· 27
달빛의 속삭임 ··· 29

달빛이 흐르는 시간의 강 ······ 30
마음의 정원을 거닐며 ······ 32
매향에 취하고 주향에 취하여 세향에 노닐다 ······ 34
머무르고 싶었던 순간들 ······ 35
묘한 불치병 처방전의 사랑 약 ······ 36
문학은 아름다운 미래를 수놓는다 ······ 37
바다의 숨결과 자유의 날개 ······ 39
바다의 숨결이 전하는 모래 위의 이야기 ······ 41
바람과 별, 그리고 간결한 시 ······ 42
바람에 실려 오는 시간의 향기 ······ 43
바람의 노래 ······ 44
바람이 노래하는 꿈의 풍경화 ······ 46
별들이 내려와 속삭이는 이야기 ······ 47
별빛과 속삭임의 하모니 ······ 48
별빛이 내린 밤하늘의 비밀 이야기 ······ 50
봄날의 속삭임 ······ 51
봄바람에 실려 오는 희망의 향기 ······ 53
비구름의 멜로디 ······ 54
비와 함께 춤추는 기억들 ······ 55
빛의 교향곡 ······ 56
사랑에 날개를 달고 ······ 58
사랑은 사랑을, 미움은 미움을 낳는다 ······ 59
사랑의 지문 ······ 60
산과 들과 내(산들내) ······ 61
삶에는 승자도 패자도 없다 ······ 62
삶은 작품처럼, 인생은 소풍처럼 ······ 63
삶의 기쁨을 느끼는 작은 지점 ······ 64
삶의 무지개 ······ 65
새벽빛의 시작 ······ 66
새벽빛이 그려내는 희망의 이야기 ······ 67

색채의 향연이 전하는 감동의 이야기 ········· 68
서리가 내린 고요한 정원 ········· 69
세월 베고 길게 누운 구름 한 조각 ········· 70
세월은 추억을 먹고 산단다 ········· 71
소나기가 전하는 여름날의 상큼한 이야기 ········· 72
숲속의 속삭임이 전하는 자연의 지혜 ········· 73
숲속의 이야기 ········· 74
시간의 강가에서 ········· 75
시간의 꽃다발 ········· 77
시간의 멜로디 ········· 78
시간의 정원에서 피어나는 꿈의 향기 ········· 80
시간의 향기 ········· 81
시간의 흐름을 따라 흐르는 강물 ········· 82
아름답고 소중한 인연으로(1) ········· 83
아름답고 소중한 인연으로(2) ········· 84
알지 못하는 곳에서의 인연 ········· 86
연둣빛 단상 ········· 88
열정의 불꽃 ········· 89
운명의 시간은 오고 있나 ········· 91
위로를 전하는 시 ········· 93
윙 윙 윙 맴돌다 떠난 님 ········· 94
은은한 빛이 그려내는 밤의 이야기 ········· 96
은하수가 전하는 신비로운 이야기 ········· 98
음악의 바다에서 울려 퍼지는 영혼의 하모니 ········· 99
이 세상의 참된 주인공은, ········· 101
이제는 모두 잊고 싶어 ········· 102
인생은 빈 지게 ········· 104
잃어버린 70년 세월 ········· 106
자연의 소리와 계절의 노래 ········· 108
잠들지 않는 상상력의 이야기 정원 ········· 110

잠자던 영혼을 깨우는 젊은 태양아 ······ 112
젊음의 눈빛에 나를 담고 ······ 114
젖동냥으로 연명하던 시절 ······ 115
주는 것 중에 가장 소중한 것은 알아주는 것 ······ 117
지독하게 삶이 고루하던 그 시절 ······ 118
진정한 사랑꾼 ······ 120
차가운 바람이 흩뿌리는 향기 ······ 121
청춘, 꿈의 날개를 펼치며 ······ 122
청춘의 노래 ······ 123
청춘의 항해 ······ 124
촛불의 불빛이 비추는 추억 ······ 125
추억의 정원에서 피어나는 꽃들의 향연 ······ 126
추억의 파노라마 ······ 127
쿵쿵대는 가슴, 그 울림은 누구에 의한 것일까 ······ 129
키스 타임의 찐한 추억 ······ 130
파도가 전하는 바다의 이야기 ······ 131
한 많은 세월, 고통과 슬픔은 끝내 지리라 ······ 132
한결같은 마음으로 ······ 133
햇살의 편지 ······ 134
행복은 늘 가까이에 있어 ······ 136
호수 위에 떠 있는 달그림자 ······ 137
홀로된 사랑 ······ 138
흐르는 강의 끝자락에서 ······ 140
희망의 그림자 ······ 141
희망의 날개를 단 나비의 여정 ······ 143

가을바람이 흩날리는 낙엽의 추억

바람이 속삭이며 흩날리는
가을의 추억이 묻어나는 낙엽
황혼 녘 노을에 물든 색채
그리움의 편지가 되어 날아가네

바스락거리는 소리에 담긴
추억의 조각들이 부서지네
붉은빛 노을에 물들어 가는
낙엽의 추억을 거닐다

바람에 흩날리는 모습에
지난날의 향수가 스미네
발에 밟히는 소리마다
추억의 리듬이 울리네

황혼 녘 뉘엿뉘엿 저무는 해
가을의 추억을 태우며
낙엽에 실어 보내는 가을의 노래
우리 함께 들어보세

가장 먼저 나를 떠올려 줄 사람

가장 먼저 나를 떠올려 줄 사람
그대는 내 안의 별빛이 되어
어둠 속을 비추는 희망이 되고
마음속에 피어난 꽃이 된다

힘들 때면 그대의 품에 안겨
위로의 말을 듣고
기쁠 때면 그대와 함께 웃으며
행복의 향기를 나눈다

나의 모든 모습을 사랑해 주는 사람
나의 아픔을 감싸안아 주는 사람
그대는 내 인생의 등대가 되어
험한 바다를 헤쳐 나갈 수 있게 한다

가장 먼저 나를 떠올려 줄 사람
그대는 내 삶의 노래가 되어
언제나 내 곁에 머무르며
내 마음을 가득 채워준다

고마워요, 그대
내 인생의 가장 큰 선물이 되어 주어서
내 모든 것을 바쳐 사랑할 수 있는
그대가 있어 나는 행복하네.

구름을 벗 삼아

구름이 흘러가는 길을 따라, 나는 잠시 멈추어 선다
저 멀리 펼쳐진 하늘에 떠 있는, 그 고요하고 하얀 벗을
바라보며 구름은 늘 그렇게 자유롭고,
변함없이 내 곁에 있어 주었다

구름은 말을 하지 않아도,
그 모습만으로도 많은 것을 이야기한다
바람에 따라 흘러가고, 때로는 비를 머금어 세상을 적시고
그렇게 구름은 세상을 여행하며, 우리를 감싸 안는다

구름은 내게 많은 것을 가르쳐 주었다
자유로움, 변화무쌍함, 그리고 세상을 바라보는 여유로움을
나는 언제나 구름을 보며, 그 가르침을 마음에 새긴다

구름은 우리의 삶과 닮아있다
때로는 맑고 밝게, 때로는 흐리고 어둡게
그렇게 우리의 삶은 흘러가고, 때로는 비를 만나기도 한다

구름을 벗 삼아, 나는 오늘도 하늘을 바라본다
구름의 가르침을 기억하며, 나의 길을 걷는다
구름은 언제나 그렇게, 나를 감싸 안고 있다

구름이 그린 하늘의 동화

새털구름이 수놓는 꿈의 캔버스
하늘은 동화 같은 그림을 그리네
부드러운 붓질로 그린 산과 들
하얀 구름의 색채가 퍼지네

뭉게구름이 그린 빛나는 해
금빛 물결이 하늘을 수놓네
뭉게뭉게 피어오르는 이야기들
상상의 나래를 펼치네

솜털 구름이 그린 푸른 바다
물결처럼 일렁이는 구름
신비로운 세계로 이끄는 길
구름의 여정에 함께하세

이렇듯 아름다운 하늘의 동화
구름이 그려내는 계절의 노래
구름의 붓질에 실려 오는 이야기
우리 함께 들어보세

그대 품에 잠들고 싶네

그대 품에 잠들고 싶네
그대의 따뜻한 가슴에 기대어
마음을 편안히 쉬고 싶네

그대 품은 내게 안식처
세상의 모든 걱정을 내려놓고
편안하게 잠들고 싶네

그대 품에 안겨 잠들면
꿈결에 그대를 만날 것 같네
그대와 함께라면 어떤 꿈도
행복하고 따뜻할 것 같네

그대 품에 잠들고 싶네
그대의 숨소리에 귀 기울이며
마음을 따뜻하게 데워주고 싶네

그대의 품은 내게 안식처
그대와 함께라면 모든 게
편안하고 따뜻할 것 같네

그대 품에 잠들고 싶네

그대와 함께라면 어떤 밤도
따뜻하고 아름다울 것 같네.

그대 품에 안겨 잠들며
마음에 안정을 느끼고 싶네
그대의 품 안에서 편안히
잠들고 싶네

그대 향한 소망가

그대 향한 소망가, 속삭이듯 풀어 놓아
하얀 달빛에 비춰진 마음, 가만히 품고
푸른 솔바람에 실려 온 그리움, 조용히 흩날려
붉은 노을에 물든 사랑, 고요히 춤추네

그대를 향한 그리움, 가만히 번져와
저녁놀에 물드는 마음, 고요히 안겨
수수한 꽃향기에 실린 정, 살며시 피어오르네
초록빛 나뭇잎에 깃든 추억, 부드럽게 속삭이네

그대 향한 순정, 가만히 두드려
아득한 하늘에 뜨는 별빛, 고요히 반짝이네
서늘한 바람이 전하는 말, 가만히 흐르네
은은한 달빛이 비치는 밤, 조용히 머무르네

그대를 향한 마음, 가만히 빛나네
아름다운 시어에 담긴 소망, 고요히 울려 퍼지네
숨죽인 듯, 그러나 넘치는 사랑, 부드럽게 노래하네
그리하여, 그대 향한 소망가, 영원히 흐르네

그대여, 무한 긍정의 아이콘처럼

그대여, 무한 긍정의 기운을 품고
세상을 향해 힘차게 나아가네
어떠한 어려움에도 굴하지 않고
꿋꿋이 일어나 앞으로 나아가네

그대여, 긍정의 힘으로 세상을 밝히고
주변에 따뜻한 온기를 전하네
언제나 밝은 미소로 가득하여
사람들을 감동시키고 희망을 주네

그대여, 무한 긍정의 아이콘처럼
힘든 이들에게 힘을 주고
긍정의 기운으로 세상을 바꾸어 가네
그대의 존재 자체가 희망이 되네

긍정의 힘으로 그대는 세상을 변화시키고
사람들의 마음을 움직이네
무한 긍정의 아이콘처럼, 그대는 언제나 빛나고
우리에게 희망과 용기를 주네

그대여, 무한 긍정의 아이콘처럼
세상에 희망의 상징이 되네
그대의 긍정의 힘을 받아
우리도 세상을 더 밝고 아름답게 만들어 가네

그대와 함께 사푼사푼 걷고픈 오솔길

그대와 함께 사푼사푼 걷고픈 오솔길
따스한 햇살이 비추는 푸른 길을 따라가네
발걸음마다 새어 나오는 웃음소리와 함께
두 개의 마음이 하나로 어우러지네

가을바람이 살랑이는 소리에 귀 기울이며
나뭇잎이 춤추는 풍경을 함께 나누네
길가에 핀 작은 꽃들과 함께 어우러져
그대와 나의 사랑이 피어나네

사푼사푼 걷는 그대의 발걸음에 맞추어
나는 그대의 손을 꼭 잡고 함께 나아가네
아늑하고 포근한 오솔길 위에서
우리의 사랑은 더욱 깊어져 가네

구름에 가려지는 햇살에도 미소 짓고
부드러운 바람에도 가슴 설레네
그대와 함께라면, 어떤 길도 아름답네

사푼사푼 걷고픈 그대와 나의 오솔길
그 길이 끝나는 곳까지 함께 걸어가네
그대와 함께라면, 어디든 행복하네

그대의 눈빛에 나를 담고

그대의 눈빛에 나를 담고
따스하고 깊은 그의 시선에 안기네
너울너울 피어나는 사랑의 향기가
우리의 마음을 하나로 이어주네

그대의 눈빛이 내게로 스며들어
온종일 내 안에 머무네
그대의 눈빛에 비친 나의 모습
행복과 사랑의 흔적이 묻어나네

고요한 눈빛에 담긴 우리의 이야기
서로의 마음을 깊이 나누네
그대의 눈빛에 담긴 진실과 사랑
우리의 사랑을 더욱 깊어지게 하네

따스한 눈빛에 나를 담아
그와 함께 걸어가는 사랑의 길
그대의 눈빛에 담긴 사랑을 느끼며
나는 더욱 행복해지네

그대의 눈빛에 나를 담고
서로의 마음을 나누네
사랑으로 가득한 그대의 눈빛에
나의 모든 것을 담으며
우리의 사랑을 키워나가네

그림자 속에서 춤추는 마음

그림자 속에 숨겨진 마음이 춤추네
은은한 달빛에 물들어 속삭이네
어둠 속에서 피어나는 사랑의 이야기
그림자 속에서 춤추는 마음이 노래하네

달빛에 물든 그림자 속에 숨겨진 마음
사랑의 그리움이 그림자 속에서 춤추네
어둠을 밝히는 은은한 빛깔로
그림자 속에서 춤추는 마음이 노래하네

사랑의 이야기가 그림자 속에 흐르네
그리움과 기다림이 그림자 속에 담기네
흐르는 시간 속에 그림자 춤추고
마음이 노래하며 사랑을 전하네

그림자 속에서 춤추는 마음의 이야기
사랑의 속삭임이 그림자 속에 흐르네
어둠을 밝히는 춤추는 마음이 노래하네
그림자 속에서 춤추는 마음이 전하네

달빛에 물든 그림자 속에 숨겨진 마음
사랑의 이야기가 그림자 속에 흐르네
그림자 속에서 춤추는 마음이 노래하네
그림자 속에서 춤추는 마음이 전하네

그치지 않는 비는 없어

비가 내려, 세상을 적시네
빗방울은 땅에 닿아, 작은 물줄기를 이루네
하지만, 그치지 않는 비는 없어
언젠가는 비가 그치고, 해가 비추겠지

흐린 날들의 연속
마음은 무겁고, 눈물은 흐르네
하지만, 그치지 않는 비는 없어
구름이 걷히고, 무지개가 떠오르리

언제나, 영원한 것은 없으니
슬픔도, 기쁨도, 잠시 머물다 지나가네
그치지 않는 비는 없어
어두운 날들은, 밝은 날들로 바뀌어 가네

인생에 있어, 어려움도, 아픔도
모두 지나갈, 한 때의 구름이라
그치지 않는 비는 없어
마음을 열고, 내일을 기다리네

한 방울의 물방울이, 강을 이루듯
작은 위로가, 큰 힘이 되어주네
그치지 않는 비는 없어
누구나, 언젠가는, 해가 비추는 날을 만나리.

기억의 조각보

기억의 조각보가 펼쳐져 있네
시간의 흐름 속에 담긴 추억들
빛바랜 사진들, 소리들, 향기들
과거의 조각들이 모여 있네

어린 시절의 웃음소리
첫사랑의 설렘, 소중한 만남들
조각조각의 추억들이 모여
기억의 조각보를 이루네

조각보 속에는 기쁨도 있고
아픔도 있으며, 그리움도 담겨있네
조각보의 색상과 무늬는
우리의 인생을 그려내네

조각보의 기억들은 우리의 마음을
따뜻하게 감싸주며
과거의 소중함을 되새기게 하네

조각보의 이야기를 되새기며
우리는 과거와 현재를 잇고
미래를 향한 희망을 품네

기억의 조각보는 우리의 인생에
아름다운 이야기를 새겨주며
우리에게 소중한 추억을 선사하네

꽃의 속삭임

꽃이 피어나 속삭인다
마음에 아름다운
이야기를 담는다

소곤소곤 속삭이는
꽃의 노래
청년들의 마음을 흔들어 깨운다

꽃의 속삭임은 희망이다
새로운 시작을
알리는 노래다

아름다운 꽃잎이
펼쳐지며
마음에 꿈과 열정을 안긴다

꽃의 속삭임은 사랑이다
따뜻한 마음을
전하는 꽃이다.

그 향기로운 속삭임은
청년들의 마음을

녹여내린다

꽃의 속삭임은 청춘의
상징이다
희망과 꿈을 품은 청년들에게
힘을 준다

꽃의 속삭임은 자유다
마음을 자유롭게
하는 꽃이다

꽃의 속삭임으로
우리는 나아간다
청춘의 아름다움을 노래하며

꽃잎에 묻어나는 향기를 따라

꽃잎에 묻어나는, 은은한 향기를 따라
나는 걸었네
봄바람에 흩날리는, 그 향기에 취해
마음은 설레었네

한 걸음 한 걸음, 향기를 따라
꽃향유와 맨드라미가, 반겨주었네
그 향기에 취해, 나는
세상 모든 슬픔을 잊었네

향기는, 길을 안내하고
꽃잎은, 그 길을 열어주었네
나는, 그 길을 따라
향기의 나라로, 여행했네

향기는, 나의 마음을
더욱 풍요롭게 해주었네
나는, 그 향기에 취해
세상의 모든 아름다움을 보았네

꽃잎에 묻어나는, 향기를 따라
나는, 행복했네
그 향기는, 나의 인생을
더욱 아름답게 장식해주었네

꿈과 현실의 경계에서

현실의 벽 앞에 선 나
꿈과 현실 사이를 헤맨다
두려움과 희망이 교차하는 경계
그 경계에서 나는 무엇을 찾았을까

눈을 감고 떠오르는 꿈
그 꿈은 내게 어떤 의미일까
현실은 냉혹하지만
꿈은 내게 용기를 준다

현실의 무게에 짓눌린 날들
그럼에도 꿈은 내 마음을 달래준다
현실의 어둠 속에서도
꿈은 내 영혼을 밝게 비춰준다

꿈과 현실, 두 세계의 경계에서
나는 어떤 선택을 해야 할까
현실을 직시하면서도
꿈을 향해 나아가는 용기를 난 가지고 있다

꿈과 현실의 경계에서
나는 나만의 길을 찾아간다
꿈과 현실이 만나는 그곳에서
나는 새로운 세상을 만난다

꿈의 날개

꿈을 품은 새가 날아오른다
날개를 활짝 펴고
창공을 향해

끝없는 푸른 하늘을 향해
자유롭게 날아
오른다

꿈의 날개가 펼쳐진 순간
마음속 열망이
날아오른다

높이 날아오르는
꿈의 날개
세상을 향해 마음껏 펼친다

꿈의 날개는 우리를
인도한다
저 멀리 펼쳐진 미래로

날개를 펼치며 꿈을 향해
우리는 더 높이

날아오른다

꿈의 날개는 우리를
자유로이 한다
한계 없는 세상으로 이끈다

꿈의 날개가 그려낸 세상에서
우리는 무한한 가능성을
만난다

꿈의 날개와 함께
날아오르며
우리는 세상을 변화시킨다

꿈의 정원

꿈의 정원이 펼쳐져 있네
마음의 안식처, 상상 속의 낙원
빛과 색채가 어우러진 곳
희망과 환상이 춤추는 정원

꽃들이 피어나고, 새들이 노래하며
시냇물이 흐르는 아름다운 곳
우리 마음 속 평화를 찾아
꿈의 정원으로 떠나가네

환상적인 꽃들이 향기를 뿜으며
우리에게 기쁨을 선사하네
색깔들이 어우러져 아름다움을 만들어
꿈의 정원을 물들이네

꿈의 정원에서 우리는 쉬어가고
마음을 치유하며, 희망을 키워가네
현실의 어려움을 떠나
꿈의 정원에서 우리는 평온을 찾네

꿈의 정원은 우리의 상상력을
자극하며, 아름다운 환상을
우리에게 선사해주네
꿈의 정원에서 우리는
언제든지 평온을 찾을 수 있네

나 없인 세상도 없다

나 없인 세상도 없다 말하네
참으로 오만방자한 이 말
그러나 그 말 속엔 진실이 있네

내 존재가 곧 세상이요
세상이 곧 내 존재라
없는 듯 있으나 있는 것이
바로 나요, 바로 세상일세

나 없인 세상도 없다 말하네
참으로 당당한 이 말
그러나 그 말 속엔 겸손이 있네

세상 모든 것, 내 안에 있고
내 안의 모든 것, 세상에 있다
있는 듯 없으나 있는 것이
바로 세상이고 바로 나라네

나 없인 세상도 없다 말하네
참으로 놀라운 이 말
그러나 그 말 속엔 진리가 있네

나 없인 세상도 없다 말하네
참으로 황홀한 이 말
그러나 그 말 속엔 깨달음이 있네

세상 모든 것, 내 안에 있다
내 안의 모든 것, 세상에 있다
없는 듯 있으나 있는 것이
바로 나이고 바로 세상일세

나를 살리는 사랑

사랑이 나를 살리네
힘겨운 날에도 나를 일으켜 세우네
따스한 품 안에서 안식을 찾고
마음에 희망을 품게 하네

사랑은 나를 성장시키네
나 자신을 더 사랑하게 하네
나의 약함을 감싸주고
강해질 수 있도록 힘을 주네

사랑은 나를 빛나게 하네
어두운 날에도 나를 비추네
나의 가치를 일깨워주고
모든 것을 이겨낼 용기를 주네

사랑은 나를 살아가게 하네
힘겨운 순간에도 나를 살리네
나를 살리는 사랑의 힘으로
나는 오늘도 살아가네

사랑은 나를 사랑하는 법을 가르쳐주네
나를 사랑받는 존재로 만들어주네
나를 살리는 사랑으로
나는 세상을 아름답게 볼 수 있네

나이야 가라

나이야 가라, 그대여 흘러가라
세월의 강물 위에 몸을 실어
가벼운 마음으로 흘러가라

젊음은 덧없이 스쳐 지나가지만
인생의 향기는 그 깊이를 더하여
마음의 정원에 피어오르네

나이야 가라, 그대여 흔적 없이
시간의 모래 위에 새겨진 발자취는
언젠가 사라질 그림자일 뿐

나이를 세는 것보다
가슴 속의 꿈과 희망을 세는 것이
더욱 가치로운 일이라네

나이야 가라, 그대여 청춘으로
마음의 나이는 언제나 청춘이요
영원한 봄날이로다

노을이 전하는 사랑의 노래

노을이 하늘을 물들이며
붉은 빛으로 사랑을 노래하네
저 멀리서부터 시작되어
하늘을 가득 채우며 퍼져가네

노을은 사랑의 시작을 알리며
마음을 따뜻하게 만들어주네
그 속에서는 사랑이 피어나고
새로운 이야기가 시작되네

노을은 하늘을 물들이며
저 멀리까지 퍼져나가네
그 속에서는 사랑이 자라나고
새로운 세상이 펼쳐지네

노을이 전하는 사랑의 노래
그 속에서는 사랑이 흐르고
마음을 따뜻하게 만들어주네
새로운 이야기를 만들어주네

노을이 찾아오면
사랑의 노래가 시작되네
새로운 세상이 펼쳐지네
사랑의 이야기가 시작되네.

노을이 전하는 하루의 마지막 인사

하루가 저물어 가는 시간
노을이 하늘을 아름답게 물들이며
하루의 마지막 인사를 전한다

붉게 물든 노을은
뜨겁게 타오르던 태양의 열정을
서서히 식혀가며
하루의 끝을 알린다

노을은 우리에게 말한다
하루의 고단함을 내려놓고
편히 쉬라고
내일을 위해 힘을 비축하라고

하루의 마지막을 장식하는 노을
그 아름다움은 우리의 마음을 훈훈하게
그리고 따뜻하게 해준다

노을이 전하는 하루의 마지막 인사
그 속에서 우리는 하루의 끝을 느끼고
내일을 위한 희망을 품는다.

달빛 아래서 춤추는 그림자의 이야기

달빛이 비추는 밤, 그림자는 춤을 추네
은은한 달빛에 비춰 진 그림자는
마치 살아 움직이는 것처럼 움직이네

달빛 아래서 그림자는
자신의 이야기를 들려주네
낮에는 보이지 않지만
밤에는 자유롭게 춤을 추네

달빛이 그림자를 비추면
그림자는 더욱 빛나네
달의 부드러운 빛에 물들어
그림자는 더욱 아름답게 빛나네

그림자는 이야기하네
자신의 정체성에 대해
낮에는 그저 그림자에 불과하지만
밤에는 자유롭고 아름다운 존재라고

달빛 아래서 춤추는 그림자의 이야기
우리의 마음에도 울림을 주네
보이지 않는 것들의 아름다움과

자유로운 존재의 가치를 일깨워주네

달빛 아래서 그림자는 춤을 추고
우리는 그 춤에 영감을 얻네
그림자의 이야기를 들으며
우리 자신도 더욱 빛나네

달빛의 속삭임

달빛이 내려와 창가에 고요히
속삭이듯 창문을 흔들고
어둠을 감싸며 세상을 비추네

달빛은 고요히 밤의 심장에
따스한 이야기를 새기며
우리의 마음을 어루만진다

은은한 빛으로 길을 밝혀주며
달빛은 잠든 세상 위로
가만히 속삭이듯 흐른다

달이 뜬 밤, 달빛의 노래가
어둠을 깨우며 우리의 감성을
평화롭게 일깨운다

그 속삭임에 귀 기울이며
우리는 달빛의 품 안에서
고요히 잠이 든다

달빛의 속삭임은 우리의 마음을
따스하게 감싸주고
새로운 날의 희망을 심어준다

달빛이 흐르는 시간의 강

달빛이 흐르는 시간의 강이
은빛으로 물들어 흐르네
달빛이 비추는 시간의 강이
우리의 마음을 감싸주네

달빛이 흐르는 시간의 강에
별빛이 함께 춤추네
달빛이 그려내는 시간의 강이
우리의 추억을 수놓네

달빛이 흐르는 시간의 강에
노래하는 물소리가 들리네
달빛이 연주하는 시간의 강이
우리의 마음을 두드리네

달빛이 흐르는 시간의 강에
나뭇잎이 살랑거리네
달빛이 속삭이는 시간의 강이
우리의 미래를 비추네

달빛이 흐르는 시간의 강에
저녁노을이 물들어 가네

달빛이 감싸주는 시간의 강이
우리의 하루를 마무리하네

달빛이 흐르는 시간의 강이
우리의 인생에 흐르네
달빛이 함께 걸어가는 시간의 강이
우리의 영원에 닿았네

마음의 정원을 거닐며

마음의 정원을 거닐며
꽃들이 피어나는 모습을 보네
각기 다른 색과 향기를 가진
아름다운 꽃들이 피어나네

마음의 정원은
우리의 감정들이 자라나는 곳
행복한 순간의 꽃과
슬픈 날의 꽃들

그 모든 감정들이
마음의 정원에서
서로 어우러져 자라나네

한 송이 꽃을 바라보며
우리는 그 순간을 느끼네
감사의 꽃이 피어나고
사랑의 꽃도 함께 피어오르네

마음의 정원을 거닐며
우리는 우리 자신을 만나네
자신의 마음속 정원에서

아름다운 순간들을 발견하네

마음의 정원을 가꾸며
우리는 더욱 빛나는 사람이 되네
우리 자신과 함께
행복의 꽃을 피워나가네

매향에 취하고 주향에 취하여 세향에 노닐다

매화 향기가 바람을 타고 내 주위를 감싸안는다. 그 향긋하고도 은은한 향기에 취해, 나는 그곳에 머문다. 매화꽃이 피어난 그 아름다운 풍경 속에서, 나는 마치 시간이 멈춘 듯한 평온함을 느낀다. 그 향기는 나의 마음을 부드럽게 어루만지며, 나의 모든 근심과 걱정을 잊게 해준다.

술잔에 담긴 향긋한 술 향기는 나의 콧 끝을 자극하며 나의 정신을 일깨운다. 그 향긋하고도 달콤한 향기는 나의 입맛을 돋우며, 나의 마음을 설레게 한다. 술잔을 들어 향기를 맡으며, 나는 그 향기에 취해 춤을 추고 노래를 부른다. 그 향기는 나의 마음을 풀어주며, 나의 모든 스트레스를 해소해준다.

세상의 향기에 취해, 나는 노닐며 지낸다. 그 향기는 나의 마음을 풍요롭게 해주며, 나의 정서를 안정시켜준다. 나는 그 향기에 취해, 나의 일상에서 벗어나 새로운 경험을 한다. 그 향기는 나의 삶의 질을 높여주며, 나의 삶을 더욱 풍요롭게 만들어준다.

매향과 주향, 그리고 세향. 그 모든 향기에 취해, 나는 그곳에서 영원히 머물고 싶다. 그 향기들은 나의 마음을 안정시켜주고, 나의 삶을 더욱 아름답게 만들어준다. 나는 그 향기들에 감사하며, 그 향기들과 함께 남는 시간을 보낸다.

머무르고 싶었던 순간들

머무르고 싶었던 순간들
저녁노을이 지는 그 찰나의 시간
부드러운 햇살이 피부에 닿고
바람이 머리카락을 스치는 그 순간

달빛이 비추는 호숫가
물결이 춤추는 소리에 귀 기울이며
별들이 반짝이는 하늘 아래에서
마음을 나눌 누군가와 함께했던 순간들

아스라한 봄날의 꽃향기
가을날의 낙엽이 흩날리는 길
눈이 내리는 겨울밤의 포근함
더없이 소중한 순간들

머무르고 싶었던 순간들
그 순간들은 우리의 기억 속에 머물러
언제나 그리운 향기를 전한다
그 순간들을 기억하며 우리는 살아간다

묘한 불치병 처방전의 사랑 약

세상에 묘한 불치병이 있어
마음속 깊은 곳에 자리 잡은 채
치유하기 어려운 아픔을 낳네
그것을 치유할 처방전은 바로

사랑의 약이야, 달콤하고 진한
마음을 녹이는 사랑의 약이여
그것은 어떤 약보다 강하고
치유의 힘을 품고 있네

사랑의 약은 마음속 깊은 곳까지
퍼져나가며 아픔을 어루만지고
상처를 아물게 하는 힘을 가졌네

사랑의 약을 먹으며 우리는
치유의 길로 나아가고
새로운 희망을 품게 되네

그래서, 그 묘한 불치병을
사랑의 약으로 치유하며
다시 한번 행복한 삶을 살아가네

사랑의 약은 묘한 불치병에
빛나는 희망이 되네

문학은 아름다운 미래를 수놓는다

문학은 우리의 영혼에 아름다운 미래를 수놓는 예술이다
한 글자 한 글자, 시인의 숨결과 함께 엮인 이야기들은
독자들에게 희망과 위로를 안겨준다

우리의 삶은 다양한 색채로 가득 차 있다
문학은 그 색채를 더욱 풍부하게 만들어준다
슬픔과 아픔의 색채가 있다면
문학은 그 위에 희망과 기쁨의 색채를 더한다

문학은 세상을 바라보는 창이 되기도 한다
작가의 눈을 통해 우리는 새로운 세계를 만나고
그 속에서 우리 자신을 발견한다
그래서 문학은 우리에게 자기 발견의 기회를 제공한다

문학은 우리의 마음을 치유하는 힘이 있다
힘든 시기를 겪을 때, 우리는 문학 속에서 위로를 찾는다
문학은 우리에게 용기와 힘을 주며
다시 일어설 수 있는 희망을 안겨준다

문학은 우리의 미래를 형성하는 데에도 영향을 미친다
우리가 읽는 문학 작품들은 우리의 가치관과 세계관을 형성하며

더 나은 미래를 만들기 위한 영감을 준다

문학은 아름다운 미래를 수놓는 예술이다
그 속에 담긴 이야기들은 우리에게 희망과 위로를 안겨주며
우리의 삶을 더욱 풍요롭게 만들어준다
문학의 아름다움을 느끼며
우리는 더 나은 미래를 향해 나아갈 수 있다

바다의 숨결과 자유의 날개

바다는 숨을 쉬네
자유로운 날개를 펴고
파도 위로 노래하네

해변에 부서지는 파도 소리
바람에 실려 오는 소금기 어린 향기
바다의 숨결이 우리 마음을
두근거리게 하네

바다는 우리를 자유롭게 하네
마음을 풀어헤치고
자유의 날개를 펼치게 하네

수평선 위로 펼쳐진 푸른 세상
끝없이 펼쳐진 바다의 품 안에서
우리는 자유를 느끼네

바다는 우리에게 이야기하네
자유의 소중함을 일깨워주네
바다의 숨결과 함께
우리의 날개는 더욱 높이 날아오르네

바다는 우리의 영원한 안식처
자유의 날개를 펼칠 수 있는 곳
바다의 숨결과 함께
우리는 언제나 자유롭게 날아가네

바다의 숨결이 전하는 모래 위의 이야기

파도가 떠나며 남긴 모래 위의 편지
바다의 숨결이 전하는 이야기
하얀 포말이 적어 놓은 시구절
망망한 대양에 실려 오네

모래알 사이사이 숨은 기억들
수많은 발자국들이 남긴 흔적
그 속에서 피어나는 추억의 향기
바닷바람에 실려 퍼지네

밀물이 밀려오며 속삭여주는
황홀한 빛깔의 황홀한 이야기
썰물이 쓸어가며 귓속말해 주는
달빛이 머금은 달의 이야기

바다는 말없음표로 전해주는
무한한 사랑의 이야기
모래 위에 펼쳐진 전설 속으로
우리 함께 걸어 가보세

바람과 별, 그리고 간결한 시

바람은 속삭이듯, 시를 실어 나른다
마지막 잎새처럼, 고독한 한 줄

밤의 어둠 속에서, 별들이 반짝이는 것처럼
말 없는 감동이 마음을 울린다

단어들로 그려진, 아름다운 풍경
간결함 속에서, 깊은 울림이 느껴진다

바람에 실려 오는 시간의 향기

바람이 시간의 향기를 실어오네
나뭇가지 사이로 흩날리는 추억의 향기
한때의 이야기들이 바람결에 흐르네
시간의 향기가 마음을 가득 채우네

향기는 추억을 깨우며 마음을 달래주네
한때의 이야기가 바람결에 실려 오네
시간의 향기가 마음을 따스히 감싸주네
바람에 실려 오는 시간의 향기

시간의 향기가 마음을 안아주네
추억이 담긴 향기가 마음을 채우네
바람이 전하는 시간의 이야기
바람에 실려 오는 시간의 향기

한때의 이야기가 바람결에 흐르네
시간의 향기가 추억을 깨우네
바람이 전하는 잊지 못할 이야기
바람에 실려 오는 시간의 향기

바람의 노래

바람이 불어오며 부르는 노래
산들바람이 속삭이는 이야기
나뭇잎 사이로 스며드는 부드러운 소리
바람의 노래가 시작되네

새들의 날개 짓에 실려 퍼지는 바람
강물의 흐름에 따라 춤추는 바람
모든 생명의 숨결이 되어
바람은 노래하네

바람은 계절의 변화를 전해주며
우리의 마음을 달래주네
가을의 쓸쓸함을 안아서
겨울의 차가움을 녹여주네

바람의 노래는 우리의 영혼을
자유롭게 풀어놓고
새로운 희망을 속삭이네

바람의 노래는 우리의 마음을
따스하게 감싸주며
우리의 삶을 아름답게 수놓아준다

바람이 불어올 때, 우리는
바람의 노래를 듣고
우리의 마음을 편안하게
놓아둘 수 있네

바람이 노래하는 꿈의 풍경화

바람이 노래하는 꿈의 풍경화
화폭 가득 펼쳐진 그곳
부드러운 색채로 물들인
마음을 흔드는 그림이네

바람이 연주하는 꿈의 풍경화
자연의 선율이 흐르네
새들의 노래와 나뭇가지의 춤
삶의 향기를 전하네

바람이 그려내는 꿈의 풍경화
시간의 흐름이 보이네
밤하늘에 빛나는 별들의 이야기
우주의 신비를 담아내네

꿈의 풍경화에 깃든 바람의 소리
마음을 달래주는 노래
삶의 여정을 함께하는
위로와 희망의 상징이네

바람이 노래하는 꿈의 풍경화
우리 마음속에 피어나네
삶의 아름다움과 신비로움
영원한 감동을 선사하네

별들이 내려와 속삭이는 이야기

별들이 내려와 속삭이는 이야기가 있네
밤하늘에서 내려와 귓가에 맴도는
은은한 빛깔로 그려지는 사랑의 이야기
별들이 내려와 전하는 사랑의 노래

밤하늘을 수놓는 별들의 속삭임
찬란한 빛깔로 전하는 사랑의 가락
누군가를 향한 그리움이 별빛에 담겨
밤하늘에서 내려와 마음을 두드리네

별들이 내려와 속삭이는 사랑의 이야기
그리움과 기다림이 별빛에 실려 흐르네
밤하늘에서 내려와 귓가에 맴도는
별들이 내려와 전하는 사랑의 노래

별들이 흩뿌려놓은 사랑의 이야기
밤하늘을 수놓는 빛깔이 마음을 물들이네
별들이 내려와 전하는 사랑의 가락
밤새도록 속삭이며 별들이 노래하네

별들이 내려와 속삭이는 사랑의 이야기
밤새도록 별들이 노래하며 마음을 울리네
별들이 내려와 전하는 사랑의 멜로디
별들이 내려와 전하는 사랑의 이야기

별빛과 속삭임의 하모니

별빛이 속삭이네
어둠을 밝히는 아름다운 노래
하늘에 뜬 별들이
서로에게 이야기를 나누네

고요한 밤하늘에
별들이 춤추는 모습이 보이네
그들의 속삭임은
우리의 마음을 설레게 하네

별빛과 속삭임의 하모니가
우리에게 위로를 전해주네
그들의 부드러운 빛과
따스한 이야기는 우리의 마음을
평화로움으로 채워주네

별들은 우리의 꿈을 키워주고
우리의 마음을 밝혀주네
그들의 속삭임은
우리를 사랑으로 감싸주네

밤하늘에 펼쳐진 별빛과 속삭임의

아름다운 하모니에
우리는 감사함을 느끼네
그들의 사랑과 위로로
우리는 더욱 강해지고
더욱 빛나네

별빛이 내린 밤하늘의 비밀 이야기

어둠이 찾아온 밤하늘에
별빛이 흩뿌려진 신비로운 공간
까만 하늘에 수 놓인 별들의 향연
그 속에 숨겨진 비밀 이야기들

은하수가 흐르는 강물처럼
밤하늘을 수놓는 아름다운 선율
무수한 별들이 전하는 이야기들
우주의 비밀을 속삭이네

별빛이 내리는 밤하늘의 이야기
사랑과 꿈, 그리고 그리움의 노래
별들의 속삭임에 귀 기울여
우리 함께 들어보세

별똥별이 그려내는 짧은 이야기
빠르게 흘러가는 유성의 흔적
별빛이 새기는 짧은 인생 이야기
우리 모두 함께 나누세

밤하늘의 별빛이 전하는 이야기
영원한 사랑의 약속이 담겨있네
별빛이 내린 밤하늘의 비밀 이야기
우리 함께 나누며 사랑하세

봄날의 속삭임

봄바람이 살랑이는 봄날
따스한 햇살이 나뭇가지를 어루만지네
꽃망울들은 숨죽여 피어나고
봄날의 속삭임이 세상을 물들이네

봄날의 속삭임은 아름답고
마음을 설레게 하며
세상에 희망을 전하네

봄날의 속삭임은 따뜻하고
마음을 어루만져주며
새로운 시작을 알리게 하네

봄날의 속삭임은 눈부시고
마음을 행복하게 하며
세상 모든 것을 새롭게 하네

봄날의 속삭임은 사랑을 속삭이며
마음을 설레게 하고
세상에 행복을 전하네

봄날의 속삭임은 그리움을 담고

마음을 아프게 하며
세상에 사랑을 전하네

봄날의 속삭임은 영원히
우리 마음속에 남아있네
세상에 봄날의 속삭임을 전하네

봄바람에 실려 오는 희망의 향기

봄바람이 불어오며 희망의 향기가 흐르네
따스한 햇살과 함께 흩날리는 꽃잎 사이로
마음을 가득 채우는 희망이 향기와 함께 흐르네
봄바람에 실려 오는 희망의 향기가 전해지네

봄바람에 실려 오는 희망의 속삭임
마음을 밝혀주는 따스한 햇살과 함께
새로운 시작을 알리는 향기가 흐르네
봄바람에 실려 오는 희망의 향기가 전해지네

희망의 이야기가 봄바람에 실려 오네
마음을 안아 주는 따스한 바람이 속삭이네
새로운 시작을 알리는 희망의 향기
봄바람에 실려와 마음을 가득 채우네

봄바람에 실려 오는 희망의 향기
마음을 행복으로 물들이는 꽃의 향기
새로운 시작을 맞이하는 마음을 안아주네
봄바람에 실려와 희망을 전하네

봄바람에 실려 오는 희망의 향기
마음을 가득 채우는 새로운 시작
따스한 바람이 속삭이며 희망을 전하네
봄바람에 실려와 희망을 키워 가네

비구름의 멜로디

먹구름이 몰려오는 하늘
비구름이 연주하는 멜로디

빗방울이 떨어지는 소리
세상의 조화로운 악기

빗줄기를 타고 흐르는
자연의 아름다운 선율

창밖으로 내리는 비
마음속에 스며드는 소리

비구름이 그려내는 풍경
흐르는 음악이 함께한다

빗방울이 땅에 닿으며
새로운 생명이 싹튼다

비구름의 멜로디
세상을 적시며 흐른다

마음속에 스며드는 소리
비구름이 전하는 멜로디

비와 함께 춤추는 기억들

비와 함께 춤추는 기억들이 흐르네
빗방울이 떨어지며 이야기를 전하네
추억이 담긴 노래가 빗방울과 함께 흐르네
비와 함께 춤추는 기억들이 마음을 적시네

빗방울이 추억을 깨우며 춤을 추네
과거로의 여행이 비와 함께 흐르네
마음을 적시는 추억의 이야기
비와 함께 춤추는 기억들이 마음을 전하네

빗방울이 속삭이며 추억을 전하네
흘러간 시간의 흔적이 비와 함께 흐르네
따스한 추억이 마음을 달래주네
비와 함께 춤추는 기억들이 마음을 따스히 감싸네

비와 함께 춤추는 기억들이 마음을 어루만지네
추억이 담긴 노래가 빗방울과 함께 흐르네
흘러간 시간이 마음을 채우네
비와 함께 춤추는 기억들이 마음을 따뜻하게 하네

비와 함께 춤추는 기억들이 마음을 어루만지네
추억이 담긴 이야기가 빗방울과 함께 흐르네
따스한 추억이 마음을 안아주네
비와 함께 춤추는 기억들이 마음을 달래주네

빛의 교향곡

영혼의 춤이 펼쳐지는
빛의 선율이 흐르는 곳
태고의 어둠을 깨우는
은은한 빛의 파동이 일렁인다

소리 없는 선율이 울려 퍼지고
색채 없는 빛깔이 춤을 춘다
영혼은 그 리듬에 맞춰
자유로이 허공을 누빈다

어둠에 묻혀 있던 별들이
빛의 주위를 맴돌고
은하수의 긴 여운이
춤추는 영혼들을 감싼다

빛의 교향곡이 절정에 이르면
세상은 환희의 도가니로 변한다
영혼들은 그 기쁨에 취해
빛의 품 안에서 하나가 된다

빛의 교향곡이 끝나면
영혼은 다시 제자리로 돌아간다

하지만 그 순간의 환희는
영혼의 기억 속에 남아
언제나 빛나는 내일을 향해
나아갈 힘을 준다

사랑에 날개를 달고

사랑에 날개를 달고 날아오르네
마음 속에 품은 그대를 향해
두근거리는 가슴으로 높이 날아
아름다운 하늘을 누비네

그대와 함께라면 어디든 날아
세상의 끝을 향해 나아가네
함께라서 더 아름답고
더욱 강인해지는 순간이네

사랑에 날개를 달고 날아올라
어두운 밤을 환히 밝히네
그대와 함께라면 어떤 어려움도
이겨낼 수 있는 힘이 되네

사랑에 날개를 달고 날아올라
마음 속 그대를 향해 나아가네
아름다운 사랑에 날개를 달아
영원히 함께 날아가네

사랑은 사랑을, 미움은 미움을 낳는다

사랑은 세상을 아름답게 만드는 힘
그 힘은 우리 모두에게 주어졌네
사랑은 서로를 이해하고 존중하는 마음
그 마음은 우리 모두를 행복하게 만들어

미움은 세상을 어둡게 만드는 힘
그 힘은 우리 모두에게 주어졌네
미움은 서로를 미워하고 무시하는 마음
그 마음은 우리 모두를 불행하게 만들어

사랑은 사랑을 낳고, 미움은 미움을 낳는다
그것은 우리 모두가 알고 있는 사실
사랑은 서로를 행복하게 만들고
미움은 서로를 불행하게 만들어

우리는 사랑으로 세상을 아름답게 만들어야 해
그것은 우리 모두가 해야 할 일이야
우리는 미움으로 세상을 어둡게 만들어서는 안 돼
그것은 우리 모두가 피해야 할 일이야

사랑은 세상을 아름답게 만드는 힘
그 힘은 우리 모두에게 주어졌네
우리는 사랑으로 세상을 아름답게 만들어야 해
그것은 우리 모두가 해야 할 일이야

사랑의 지문

사랑의 지문이 가슴에 새겨져 있네
따스한 마음과 소중한 약속이 담겨있네
손끝으로 느껴지는 부드러운 느낌
사랑의 지문이 우리의 마음을 감싸주네

사랑은 우리의 마음을 풍요롭게 하고
행복한 순간을 만들어주네
사랑의 지문은 우리의 삶을 아름답게
수놓아주고, 영원히 간직되네

사랑은 우리의 눈을 밝혀주고
마음을 따뜻하게 안아주네
사랑의 지문은 우리의 삶에
깊은 감동을 선사해주네

사랑의 지문은 우리의 손을 맞잡고
서로에게 힘이 되어주네
사랑의 지문은 우리의 마음에
영원한 흔적을 남기네

사랑의 지문은 우리의 인생을
아름답게 만들어주고
우리의 마음을 행복하게 해주네
사랑의 지문은 우리의 마음에
영원한 사랑을 새겨주네

산과 들과 내(산들내)

산과 들은 우리의 태초의 품이다
그곳은 우리의 영혼이 숨 쉬는 곳
마음과 영혼의 안식처이다

산과 들은 우리의 어머니의 사랑처럼
모든 것을 아낌없이 주는 곳
우리에게 평온과 안식을 주는 곳

산과 들은 우리의 충직한 친구이다
힘들 때 위로를 건네고
기쁠 때 함께 웃어주는 곳

산과 들은 우리의 지혜로운 스승이다
자연의 아름다움과 비밀을 가르쳐주고
우리의 삶을 풍요롭게 해주는 곳

산과 들과 내
우리의 영혼의 보금자리이다
그곳은 우리의 본질이며
영원한 사랑의 고향이다

삶에는 승자도 패자도 없다

삶에는 승자도 패자도 없다
푸른 하늘 아래 흐르는 강물처럼
저마다의 길을 가는 사람아
누구도 다른 이의 길을 함부로 말하지 못하리

그대, 걸어온 길에 쓰린 아픔이 있다 하여도
그 길은 그대만의 귀한 여정이라
누구도 그대의 발걸음을 재단할 순 없으리
그대, 걸어온 길에 빛나는 영광이 있다 하여도
그 길은 그대의 노력으로 이룬 것일 뿐
누구도 그대의 걸음을 함부로 하찮게 여기지 못하리

삶에는 승자도 패자도 없다
저마다의 이야기를 품고 가는 길
누구도 다른 이의 길을 대신 걷지 못하리
모두가 함께 걸어가는 인생길
서로를 위로하며 함께 가리라

삶은 작품처럼, 인생은 소풍처럼

한 폭의 화선지에 먹물이 스미듯
삶은 작품처럼 그려지는 것
붓끝에 담은 정성과 열정으로
희로애락의 색채를 입히네

인생은 소풍처럼, 잠시 머무르다
그림자처럼 스치는 순간들
그러나 그 짧은 시간 속에도
아름다운 추억을 새기네

봄날의 꽃향기와 여름날의 햇살
가을의 단풍과 겨울의 설경
자연의 섭리 속에 품은 이야기
삶의 페이지를 넘기며 기록하네

이토록 아름다운 세상을
우리 함께 누려보세
소풍처럼 짧지만, 작품처럼 긴
삶의 여정을 즐겨보세

삶의 기쁨을 느끼는 작은 지점

삶은 때로는 힘들고 고단한 여정이다
하지만 그 속에서도 작은 지점들이 있다
그 지점들은 우리에게 기쁨을 선사한다

그 지점들은 작은 것들에서 찾을 수 있다
아침에 마시는 따뜻한 커피 한 잔
창밖으로 비치는 햇살
아이의 웃음소리
이 모든 것들이 작은 지점들이다

그 지점들은 우리에게 행복을 가져다준다
그 지점들을 발견하면
우리는 삶의 아름다움을 느낄 수 있다

그 지점들은 우리에게 희망을 준다
그 지점들을 발견하면
우리는 더 나은 미래를 꿈꿀 수 있다

삶의 기쁨을 느끼는 작은 지점들
그 지점들은 우리에게 큰 의미를 가진다
그 지점들을 발견하면
우리는 삶의 아름다움을 느낄 수 있다

삶의 무지개

삶의 무지개, 그대와 내가 함께 걷는 길
일곱 가지 색으로 물든 우리의 인생
어느 하나 소중하지 않은 순간이 없네

환희와 기쁨, 그리고 슬픔과 아픔이 교차하며
우리의 마음을 울리는 삶의 무지개
각기 다른 색이 모여 아름다운 빛을 내네

노란 희망의 빛이 우리의 앞길을 비추고
주황빛 사랑이 우리의 마음을 따뜻하게 하네
초록빛 자연이 우리를 감싸주며
평온과 안식을 선사하네

파란 하늘의 자유로움이 우리의 영혼을 노래하고
보라색 신비로움이 우리의 마음을 들뜨게 하네.
이 모든 색이 모여, 우리의 인생을 아름답게 물들이네

삶의 무지개, 그대와 내가 함께 걷는 길
일곱 가지 색이 모여 하나의 아름다운 무지개를 이루네
우리의 인생도, 이렇게 아름다운 무지개로 물들어 가네

새벽빛의 시작

어둠을 걷어내는 새벽빛
새로운 시작을 알리는 순간

하늘에 떠오르는 태양
노을에 물든 구름들

고요한 세상 위로
새들의 노래가 울려 퍼진다

창밖으로 비추는 햇살
하루의 시작을 알린다

시작의 희망을 품은 새벽
인생의 새로운 여정이 시작된다

새로운 하루의 시작을
마음속에 품고 나아가는 길

새벽빛의 시작
희망과 다짐을 안고 출발한다

새벽빛과 함께 흐르는 시간
인생의 여정을 향해 나아간다

새벽빛이 그려내는 희망의 이야기

새벽빛이 어둠을 걷어내고
새롭게 찾아온 아침
희망의 이야기가 시작되네
새벽빛이 그려내는 세상에서

새벽빛은 어둠을 밝혀주며
새로운 시작을 알려주네
그 속에서는 희망이 자라나고
새로운 이야기가 시작되네

새벽빛은 하늘을 물들이며
저 멀리까지 퍼져나가네
그 속에서는 새로운 세상이
펼쳐지고 펼쳐지네

새벽빛이 그려내는 희망
그 속에서는 새로운 시작이
우리의 마음을 채워주네
새로운 이야기를 만들어주네

새벽빛이 찾아오면
새로운 희망이 시작되네
새로운 세상이 펼쳐지네
희망의 이야기가 시작되네.

색채의 향연이 전하는 감동의 이야기

색채의 향연이 펼쳐지며
감동의 물결이 일렁이네
색채의 향연이 우리의 마음을 감싸주며
따스한 위로가 전해지네

색채의 향연이 자연을 물들이며
감동의 이야기를 전해주네
색채의 향연이 우리의 가슴을 뛰게 하며
열정의 불꽃을 피워내네

색채의 향연이 예술을 품으며
감동의 메시지를 전달해주네
색채의 향연이 우리의 영혼을 울리며
아름다운 이야기를 들려주네

색채의 향연이 우리의 일상을 물들이며
감동의 순간을 선물해주네
색채의 향연이 우리의 삶에 따뜻함을 더하며
행복의 이야기를 전해주네

색채의 향연이 우리의 마음을 감싸주며
감동의 이야기를 전해주네
색채의 향연이 우리의 삶에 색을 더하며
아름다운 이야기를 그려내네

서리가 내린 고요한 정원

하얀 서리가 내려앉은 정원의 침묵
고요함만이 감도는 고요의 시간
잎사귀마다 맺힌 수정 같은 물방울
서리의 예술이 펼쳐지네

서리가 그린 은은한 빛깔들
겨울의 호수를 수놓네
서리가 내린 정원의 속삭임
침묵의 노랫소리가 들리네

서리가 덮은 잔디밭의 고요함
서리가 그려낸 그림이네
서리가 머금은 아침의 물안개
정원의 고요함을 더하네

서리가 내린 정원의 고요함 속에
겨울의 이야기가 피어나네
서리가 그린 하얀 그림 속에
겨울의 향기가 퍼지네

서리가 내린 정원의 고요한 이야기
겨울의 침묵이 가득하네
그 이야기의 주인공이 되어
우리 함께 거닐어보세

세월 베고 길게 누운 구름 한 조각

구름은 세월을 베고 길게 누워있다
어디서 왔는지 알 수 없는 그 모습이
마치 우리의 인생과도 닮아있다

구름은 세월의 흐름에 따라
모양이 변하고 색이 달라진다
그러나 그 본질은 변하지 않는다

구름은 하늘을 떠돌며
세상의 풍경을 담아낸다
산과 들, 강과 바다의 모습을
모두 품에 안고 흘러간다

구름은 세월의 흐름에 따라
때로는 소나기를 내리고
때로는 무지개를 만들어내기도 한다
그러나 그 본질은 변하지 않는다

구름은 세월을 베고 길게 누워
우리의 인생을 비추고 있다
변하는 것과 변하지 않는 것의
조화를 보여주고 있다

세월 베고 길게 누운 구름 한 조각
그 모습은 우리의 인생과도 닮아있다

세월은 추억을 먹고 산단다

세월은 추억을 먹고 산단다, 흘러가는 시간 속에
그 추억은, 우리의 삶을 채워주는 소중한 선물이다

추억은, 행복한 기억과 함께, 우리의 가슴 속에 남아있다
그 추억은, 우리의 마음을 따뜻하게 해주고, 힘을 준다

세월은 흘러도, 우리의 추억은 영원히 남아있다
그 추억은, 우리의 삶을 더욱 풍요롭게 만들어준다

추억은, 우리의 삶을 더욱 아름답게 만들어준다
그 추억은, 우리의 마음을 더욱 풍요롭게 해준다

세월은 추억을 먹고 산단다, 우리의 삶을 더욱 풍요롭게
이 아름다운 추억들을, 우리는 영원히 간직해야 한다

추억은, 우리의 삶을 더욱 빛나게 해준다
이 소중한 추억들을, 우리는 영원히 잊지 말아야 한다

세월은 흘러도, 우리의 추억은 영원히 남아있다
그 추억은, 우리의 삶을 더욱 풍요롭게 만들어준다

소나기가 전하는 여름날의 상큼한 이야기

더운 여름날의 태양이 내리쬐는 가운데
소나기가 몰고 온 상큼한 이야기들
구름이 그려낸 빗방울의 향연
여름의 청량함을 전하네

파란 하늘이 그려내는 하얀 구름
구름의 붓질로 그려낸 소나기
소나기가 몰고 온 시원함의 이야기
우리 함께 느껴보세

시원한 빗줄기가 전하는 여름의 향기
마른 대지에 스며드는 물기
빗방울이 전하는 상큼한 이야기
우리 모두 함께 나누세

소나기가 그리는 초록의 풍경
여름날의 상큼함을 품은 자연
빗방울이 전하는 여름의 상큼함
우리 함께 거닐어보세

소나기가 몰고 온 여름날의 이야기
청량함과 상큼함이 가득하네
여름날의 소나기가 전하는 이야기
우리 함께 나누며 상큼함을 느끼세

숲속의 속삭임이 전하는 자연의 지혜

숲속의 속삭임이 자연의 지혜를 전하네
바람결에 흩날리는 나뭇잎 사이로
자연의 이야기가 소리 없이 흐르네
숲속의 속삭임이 마음을 가득 채우네

자연의 지혜가 숲의 노래로 흐르네
속삭임 속에 담긴 삶의 진리
마음을 열어 자연의 이야기를 듣네
숲속의 속삭임이 지혜를 전하네

바람이 전하는 자연의 이야기
숲속에서 피어나는 삶의 지혜
마음을 평온하게 하는 숲의 노래
숲속의 속삭임이 전하는 자연의 지혜

숲속의 속삭임이 마음을 편안하게 하네
자연의 이야기가 마음을 가득 채우네
숲의 지혜가 마음을 달래주네
숲속의 속삭임이 마음을 따뜻하게 하네

숲속의 속삭임이 마음을 가득 채우네
자연의 지혜가 숲의 노래로 흐르네
마음을 열어 자연의 이야기를 들으세
숲속의 속삭임이 지혜를 전하네

숲속의 이야기

푸른 잎사귀가 흔들리는 숲
이야기가 가득한 곳이다

바람에 흩날리는 나뭇가지
새들의 노래가 울려 퍼진다

햇살이 비추는 나무 그늘
작은 동물들이 놀고 있다

부드러운 흙길 위로
작은 꽃들이 피어나며

자연의 향기가 가득한 곳
숲속의 이야기가 흐른다

마음을 치유하는 숲의 소리
세상의 시름을 잊게 한다

숲속의 이야기가 전하는
평화와 안정의 메시지

숲과 함께 흐르는 시간
마음에 안식을 주는 곳이다

숲속의 이야기
자연의 아름다움이 살아 숨 쉰다

시간의 강가에서

시간의 강이 흐르고 있네
과거와 현재가 흐르는 곳이야
강물 위로 햇살이 스며들어와
시간의 흐름을 비추네

시간은 흘러가고, 우리는
그 흐름을 따라가네
시간의 강가에서 우리는
과거의 추억과 마주하네

시간은 우리를 변하게 하고
성장하게 하네
시간의 강가에서 우리는
새로운 시작을 꿈꾸네

시간은 우리에게 새로운
가능성을 선사해주네
시간의 강가에서 우리는
희망찬 미래를 향해 나아가네

시간은 모든 것을 바꾸지만
우리의 마음은 변하지 않네

시간의 강가에서 우리는
영원한 사랑을 간직하네

시간의 강은 끝이 없네
흐르는 강물처럼 계속되네
시간의 강가에서 우리는
인생의 여정을 함께하네

시간의 꽃다발

시간의 꽃다발, 그 속에 담긴 추억들이
활짝 피어오르며 향기를 전한다
추억의 꽃잎들이 바람에 흔들리며
우리의 마음을 따스하게 감싼다

어린 시절의 놀이, 웃음소리도
시간의 꽃다발에 소중히 담겼네
첫사랑의 설렘과 이별의 아픔도
시간의 꽃다발에 고이 잠들어 있다

시간의 꽃다발, 그 속엔 환희와
슬픔의 감정이 어우러져 피어났다
하지만 그 모든 순간이 모여
우리의 인생을 아름답게 수놓는다

시간의 꽃다발, 그 향기를 맡으며
우리는 추억을 되새기고 새로운 희망을 품는다
시간의 꽃다발은 우리에게
언제나 새로운 시작을 선사한다

시간의 꽃다발, 그 속에 담긴
추억과 희망의 향기를 느끼며
우리는 살아간다
시간의 꽃다발을 가슴에 안고 새로운 여정을 떠난다

시간의 멜로디

흘러가는 시간의 강물 위로
멜로디가 흐르네, 부드럽게
은은한 선율이 마음을 감싸네

과거의 추억이 노래가 되고
미래의 꿈이 멜로디가 되어
시간의 흐름에 묻어나네

시간의 멜로디는 우리의 삶이며
각자의 이야기와 감정이 어우러져
아름다운 음악이 되네

긴 세월의 흐름을 따라가며
우리는 시간의 멜로디에 맞춰
춤추는 듯한 삶을 살아가네

시간은 흘러도, 멜로디는 남으며
우리의 기억 속에 영원히 남아
삶의 의미를 더해주네

시간의 멜로디는 우리의 삶이며
우리는 그 안에 녹아들어

함께 춤을 추는 선율이 되네

흘러가는 시간의 강물 위에서
우리는 멜로디를 느끼며
삶의 아름다움을 만끽하네

시간의 멜로디는 우리의 인생이며
우리는 그 안에서 춤추는
아름다운 노래가 되네

시간의 정원에서 피어나는 꿈의 향기

시간의 정원에 꿈이 피어나네
향기로운 꽃잎들이 날개를 달고
마음을 감싸주네

오래된 시계탑 아래
시간의 흐름 속에서 꿈들이 피어나네
미래를 향해 노래하네

시간의 정원에서
과거와 현재가 만나고 미래가 탄생하네
꿈들은 그 안에서 자라나네

시간은 흘러도
꿈의 향기는 남아 있네 마음을 어루만져주네

시간의 정원에서
우리는 꿈을 키우네
그 향기를 맡으며 미래를 향해 나아가네

시간의 흐름 속에도 꿈은 영원하네
우리의 마음 속에
영원히 피어나네

시간의 향기

시간의 향기가 피어나는 기억의 꽃다발
그 속에는 웃음과 눈물이 어우러져 있네
한 줄기 바람이 불어와 추억을 흔들어 놓으면
그 향기는 더욱 짙어져 마음을 적시네

봄날의 햇살처럼 따스했던 그 순간들
여름날의 소나기처럼 시원했던 그 날들
가을날의 단풍처럼 아름다웠던 그 시간들
겨울날의 눈꽃처럼 반짝였던 그 찰나들

시간의 향기가 피어나는 기억의 꽃다발
그 속에는 기쁨과 슬픔이 교차하네
한 송이 꽃잎이 떨어져도 아쉬워 마소
더 아름다운 꽃이 피어날 테니

시간의 향기가 피어나는 기억의 꽃다발
그 안에는 우리의 삶이 담겨 있네
한 걸음 한 걸음 나아가는 삶의 여정
그 안에 담긴 향기를 잊지 마오

시간의 향기가 피어나는 기억의 꽃다발
그 속에서 우리는 언제나 함께하네
한 송이 꽃처럼 피어오르는 우리의 삶
그 향기를 나누며 살아가길

시간의 흐름을 따라 흐르는 강물

시간의 흐름을 따라 흐르며
강물은 속삭이듯 이야기를 전하네
과거와 현재를 이어주는 흐름 속에
인생의 여정이 강물에 비추네

흘러간 시간의 흔적이 강물에 흐르네
노을빛에 물든 추억이 강물을 물들이네
흘러간 이야기들이 강물에 맴도네
시간의 흐름을 따라 강물이 흐르네

강물이 노래하는 시간의 이야기
변하지 않는 흐름 속에 이야기가 흐르네
흘러가는 시간의 흐름을 따라
강물이 노래하며 마음을 울리네

시간의 흐름을 따라 흐르는 강물
흘러간 이야기가 강물에 담겨 흐르네
흘러가는 시간의 흐름을 따라
강물이 노래하며 마음을 전하네

시간의 흐름을 따라 흐르는 강물
흘러가는 이야기들이 강물에 맴도네
흘러가는 시간의 흐름을 따라
강물이 노래하며 마음을 비추네

아름답고 소중한 인연으로(1)

아름답고 소중한 인연으로 만나
맑은 하늘과 푸른 바다를 함께 바라보네
따스한 햇살과 부드러운 바람도 함께 느끼며
함께 걷는 길은 언제나 행복하네

서로 다른 모습이 모여 하나가 되고
각자의 색깔이 모여 아름다운 그림이 되네
소중히 간직할 인연으로 함께 나아가며
세상을 더 아름답게 만들어가네

구름처럼 떠다니는 행복의 조각들
소중한 인연과 함께 나누며 웃음꽃이 피네
함께 있어 외롭지 않은 세상
아름답고 소중한 인연으로 하나가 되네

가진 것을 나누고, 마음을 나누는 인연
함께여서 더욱 깊어져 가는 사랑이네
소중한 인연과 함께 나아가는 길
언제나 따뜻하고 행복한 여행이네

맑은 하늘과 푸른 바다를 함께 바라보며
영원히 함께할 인연으로 하나가 되네

아름답고 소중한 인연으로(2)

인연은 마치 바람에 흩날리는 꽃잎처럼
우연히 만나게 되는 것
그러나 그 만남이 아름답고 소중하다면
그 인연은 평생 이어질 것이다

인연은 마치 하늘에 떠 있는 별처럼
멀리서 빛나고 있지만
가까이 다가가면 더욱 빛나는 것
그 인연은 서로를 더욱 아름답게 만들어준다

인연은 마치 바다에 흐르는 강물처럼
끊임없이 흐르고 있지만
그 흐름이 아름답고 소중하다면
그 인연은 영원히 이어질 것이다

인연은 마치 햇살에 비춰지는 그림자처럼
잠시 동안만 함께하지만
그 그림자가 아름답고 소중하다면
그 인연은 영원히 기억될 것이다

인연은 마치 바람에 흩날리는 나뭇잎처럼
우연히 만나게 되지만

그 만남이 아름답고 소중하다면
그 인연은 평생 이어질 것이다

아름답고 소중한 인연으로
서로를 사랑하고 존중하며
평생 함께할 수 있기를 바라노라.

알지 못하는 곳에서의 인연

알지 못하는 곳에서의 인연
우연히 마주친 그 순간
마음속에 스며드는 느낌

낯선 길목에서 만난 얼굴
낯익은 표정에
끌리는 마음

알지 못하는 곳에서
피어난 인연
그것은 우연일까, 운명일까

멀리서 날아온
바람결에 실려
우리의 마음은 서로를 찾아간다

알지 못하는 곳에서 피어난 인연
그것은 우리의 삶에
새로운 페이지를 연다

낯선 만남 속에서 피어나는 사랑
알지 못하는 곳에서

시작된 우리의 이야기

인연은 알지 못하는 곳에서
시작되어
우리에게 새로운 세계를 열어준다

알지 못하는 곳에서의 인연
그것은 우리의 삶에
소중한 선물이 된다

연둣빛 단상

연둣빛 잎사귀들이 피어나는 계절
봄바람에 흩날리는 연둣빛 향기
자연의 아름다움이 가득한 이 순간
내 마음도 연둣빛으로 물들어간다

연둣빛 잎사귀들은 새로운 시작을 알리며
봄의 기운을 전한다
그 연둣빛은 희망과 활력을 안겨준다
내 마음도 연둣빛으로 가득 차오른다

연둣빛 잎사귀들은 자연의 신비로움을 담고
봄의 아름다움을 전한다
그 연둣빛은 평화와 안정을 안겨준다
내 마음도 연둣빛으로 편안해진다

연둣빛 잎사귀들은 봄의 기운을 전하며
새로운 시작을 알린다
그 연둣빛은 희망과 활력을 안겨준다
내 마음도 연둣빛으로 가득 차오른다

연둣빛 잎사귀들은 봄의 아름다움을 전하며
자연의 신비로움을 담고 있다
그 연둣빛은 평화와 안정을 안겨준다
내 마음도 연둣빛으로 편안해진다

열정의 불꽃

열정이 타오른다
불꽃으로 피어난다
강렬한 빛으로 마음을 불태운다

타오르는 불꽃은
뜨겁게 타오른다
마음을 움직여 열정으로 가득히 한다

열정의 불꽃은
강인하다
어떤 시련에도 굴하지 않는다

힘차게 타오르며
앞으로 나아간다
열정의 불꽃은 언제나 빛난다

그 열정은 세상을
밝히는 빛이다
어둠을 밝히고 희망을 안겨준다

열정의 불꽃은
자유롭다

마음을 자유롭게 하는 불꽃이다

높이 솟아오르며
세상을 밝힌다
열정의 불꽃은 우리의 영혼을 깨운다

열정의 불꽃은
영원하다
언제나 우리 곁에 남아있는 힘이다

열정의 불꽃으로
우리는 나아간다
세상을 밝히는 빛으로 타오르며

운명의 시간은 오고 있나

운명의 시간은 오고 있나
숨죽여 기다리는 그 순간
심장은 두근거리며 기대에 차오르네

구름에 가려진 태양처럼
어둠 속에서 빛나는 한 줄기 빛
그것이 바로 운명의 시간이겠지

파도처럼 밀려오는 변화의 물결
인생의 항로에서 만나는 폭풍우
그 속에서 운명의 시간은 찾아오네

연꽃이 피어나듯
어둠 속에서 피어나는 희망
그것이 운명의 시간의 시작이겠지

시간의 흐름 속에 감춰진 미로
그 속에서 운명의 시간을 찾아라
그대들이여, 마음을 열고 나아가라

운명의 시간은 오고 있나
기다림과 희망 속에서

그대들의 운명을 맞이하라

시간의 흐름 속에 감춰진 비밀
그것이 바로 운명의 시간이겠지
기다림과 희망 속에서
그대들의 운명을 찾게 되리라

위로를 전하는 시

지친 마음이 쉴 곳 없어
방황하는 당신을 위해
마음을 어루만지는 시를 전한다

힘겨운 하루의 끝에서
당신의 어깨를 감싸 안으며
따스한 위로의 말을 건넨다

가시밭길 같은 인생에
상처 입은 당신에게
시집 속 시어들은 치유의 빛깔로
당신의 마음을 어루만진다

저물어 가는 노을에
슬픔을 묻어둔 당신에게
새벽의 여명으로 희망을 전한다

이 시집을 통해, 지친 마음에
평온함이 깃들기를
아픔이 치유되기를
그리고 다시 일어설 용기를
얻기를 소망한다

윙 윙 윙 맴돌다 떠난 님

윙 윙 윙 맴돌다 떠난 님
그대의 향기를 남기며 떠나간 님
가슴에 남아있는 그리움일세

그대만을 향한 그리움으로
윙 윙 윙 날개를 퍼덕이며
내 마음을 두드리는 님

어느새 다가와 머물던 님
그대의 온기로 내 마음을 감싸던
그렇게 맴돌던 님

맴돌다 떠나간 님, 그대의 흔적
내 안에 남아있는 그리움일세
그리움이 되어 맴도네

윙 윙 윙 맴돌던 시간 들은
그대와 함께한 소중한 추억
내 안에 남아있는 그리움

맴돌다 떠난 님, 그대의 향기
내 가슴속에 남아있는 그리움

그리움이 되어 맴도네

그렇게 맴돌다 떠나간 님
언젠가 다시 돌아올 그 날을
기다리며 그리워하네

은은한 빛이 그려내는 밤의 이야기

은은한 빛이 밤을 물들이며
이야기를 그려내는 시간
은은한 빛이 밤의 정취를 품고
우리의 마음을 감동으로 채워주네

은은한 빛이 별빛을 따라가며
밤하늘을 수놓는 풍경
은은한 빛이 달빛을 반사하며
우리의 마음을 설렘으로 가득 채워주네

은은한 빛이 창가에 비추며
따뜻한 온기를 전해주네
은은한 빛이 우리의 마음을 감싸주며
잠시의 평화를 선물해주네

은은한 빛이 거리를 비추며
밤의 이야기를 전해주네
은은한 빛이 우리의 발걸음을 인도하며
따뜻한 위로를 전해주네

은은한 빛이 우리의 눈동자에 비추며
밤의 추억을 떠올리게 하네

은은한 빛이 우리의 마음을 감싸주며
따스한 이야기를 전해주네

은은한 빛이 밤을 수놓으며
아름다운 이야기를 그려내네
은은한 빛이 우리의 마음을 감동으로 채워주며
밤의 이야기를 기억하게 하네

은하수가 전하는 신비로운 이야기

은하수가 흐르는 밤
하늘에 펼쳐진 신비로운 이야기
그 속에는 수많은 별들이
저마다의 빛을 발하며 반짝이네

그 별들은 저 멀리에서
우리의 마음을 끌어당기며
은하수를 따라 흐르네
마치 이야기가 흐르는 것처럼

은하수는 별들의 강
그 속에는 수많은 이야기가
숨겨져 있고, 전해주네
신비로운 비밀들을

별들은 각자의 이야기를
은하수를 따라 전해주네
그 이야기들은 우리의 마음을
따스하게 감싸주네

은하수가 전하는 이야기
그 속에는 우주의 신비가
숨겨져 있고, 전해주네
저마다의 빛을 발하며.

음악의 바다에서 울려 퍼지는 영혼의 하모니

음악의 바다가 펼쳐진 곳에서
영혼의 하모니가 울려 퍼지네
한 음 한 음
마음의 속삭임이 흐르네

피아노 소리가 물결치는 그곳에서
바이올린 선율이 바람에 실려
하모니가 마음을 어루만지네

드럼 소리가 파도처럼 일렁이고
기타 소리가 바람에 흩날리며
음악이 영혼을 깨우네

음악의 바다에서 울려 퍼지는
영혼의 하모니가 우리를 감싸네
아름다운 선율이 우리의 마음을 가득 채우고
우리는 그 속에서 행복을 느끼네

음악의 바다에서
영혼의 하모니가 우리를 인도하네
그 속에서 우리는 하나가 되고
평화와 행복을 찾네

음악의 바다에서 울려 퍼지는
영혼의 하모니는 우리의 마음을 위로하네
그 속에서 우리는 희망을 찾네
우리는 그 속에서 영원히 행복하네

이 세상의 참된 주인공은,

이 세상의 참된 주인공은 바로 당신이다
당신이 있어 이 세상은 아름답고
당신의 존재로 인해 우리는 살아간다
당신의 미소와 웃음소리는 세상을 밝히고
당신의 사랑과 친절은 세상을 따뜻하게 한다

당신이 가는 길에는 언제나 꽃이 피어나고
당신이 머무는 곳에는 언제나 평화가 깃든다
당신의 목소리는 우리의 마음을 노래하게 하고
당신의 손길은 우리의 삶을 축복으로 가득 채운다

이 세상의 참된 주인공은 바로 당신이다
당신은 우리의 희망이며, 우리는 당신의 사랑이다
당신의 존재는 우리에게 힘이 되고
당신의 모습은 우리에게 영감을 준다

그러니 이 세상의 참된 주인공인 당신은
자신을 사랑하고 자신의 가치를 알아줘요
당신은 이 세상의 빛이며, 모든 이의 등불이다

이 세상의 참된 주인공인 당신은
언제나 우리 곁에서 우리를 지켜줄 것이다
당신이 있어 우리는 행복하고, 당신은 우리의 인생이다

이제는 모두 잊고 싶어

이제는 모두 잊고 싶어
아픈 기억을 지우고 싶어
내 마음을 아프게 하는 그 모든 것을

과거의 상처, 그 아픈 기억을
더 이상 간직하고 싶지 않네
이제는 모두 잊고 싶어

이제는 모두 흘려보내고 싶어
그리움도 아픔도 다 함께
강물처럼 흘러가게 하고 싶어

이제는 모두 잊고 싶어
새로운 시작을 위해
내 마음을 비우고 싶어

지나간 날들의 그림자를
이제는 놓아주고 싶어
이제는 모두 잊고 싶어

아픔과 그리움에 잠긴 날들
그 모든 것을 떠나보내고

새로운 날들을 맞이하고 싶어

이제는 모두 잊고 싶어
내 마음을 자유롭게 하고 싶어
새롭게 시작하고 싶어

인생은 빈 지게

인생은 빈 지게처럼
가득 싣고 있는 듯 보이나
실상 그 속은 공허함으로 가득하다
세월은 무심한 듯 흘러가고
우리가 얻은 것은 덧없는 만족일 뿐

빈 지게를 짊어진 채
우리는 인생의 길을 걷는다
무거운 짐을 내려놓을 곳 없이
허망한 욕망에 사로잡혀
끝없이 걸음을 옮긴다

그러나, 지게가 비어 있음을 깨닫는다면
우리는 더 이상 무거운 짐을 지지 않아도 된다
가벼운 발걸음으로
우리는 더 멀리, 더 높이 나아갈 수 있다

삶의 무게에 짓눌려
우리는 종종 빈 지게를 잊어버린다
욕망과 집착에 사로잡혀
가벼운 행복을 놓치고 만다

빈 지게를 내려놓고
우리는 진정한 자유를 찾을 수 있다
가벼운 마음으로
우리는 더 많은 것을 이룰 수 있다

인생은 빈 지게와 같다
우리가 무엇을 싣느냐에 따라
그 무게는 달라진다
가벼운 행복과 사랑을 싣고
우리는 더 나은 삶을 살아갈 수 있다

잃어버린 70년 세월

시간의 강을 거스르며
70년이라는 긴 세월을 잃었다
과거의 기억들이 바람에 흩날리고
추억들이 모래 위로 사라져간다

젊음의 빛깔이 묻어 나오던
그 순간들은 어디로 갔을까
웃음과 눈물이 교차하던
그날들의 향기가 그립다

시간의 흐름 속에
추억들은 퇴색되고
희미해진 기억들은
깊은 그리움으로 남았다

잃어버린 시간 들 속에도
희망의 빛은 남아있다
추억들은 가슴속에 살아있고
그날들의 향기는 여전히 남아있다

70년 세월이 흘러도
그 시간 들은 헛되지 않았다

과거의 경험들은 현재의 나를 이루었고
미래의 꿈을 향해 나아가는 힘을 준다

잃어버린 시간들 속에서도
희망과 그리움이 함께한다
과거와 현재가 어우러져
새로운 시간을 만들어간다

자연의 소리와 계절의 노래

자연은 우리에게 소리를 들려주네
계절마다 다른 노래를 부르네
봄바람에 실려 오는 부드러운 소리
여름의 뜨거운 태양 아래서 울려 퍼지는
새들의 노래와 풀벌레들의 연주

가을의 바람이 부는 소리
나뭇잎이 떨어지는 소리
겨울의 고요한 눈 내리는 소리
자연은 언제나 우리에게
새로운 노래를 불러주네

자연의 소리는 우리에게
계절의 변화를 알려주네
봄의 따뜻함, 여름의 뜨거움
가을의 아름다움, 겨울의 고요함

자연의 소리는 우리에게
계절의 아름다움을 느끼게 해 주고
우리의 마음을 따뜻하게 해 주네

자연의 소리와 계절의 노래

그것은 우리에게 삶의 아름다움을
일깨워주는 선물
우리는 그 노래를 들으며
자연의 아름다움을 느끼네

잠들지 않는 상상력의 이야기 정원

어둠이 내린 정원에
상상력의 이야기들이 피어오른다
잠들지 않는 상상력의 이야기정원
그곳에는 수많은 이야기가 존재한다

호기심 가득한 아이들의 웃음소리
그 소리에 잠에서 깨어난 상상력
그 상상력은 이야기로 피어난다
꿈과 희망이 담겨있는 이야기들
그 이야기들은 우리 마음을 움직인다

별이 빛나는 밤하늘 아래
그곳에는 별들의 이야기도 있다
태초부터 전해져 내려온 신비로운 이야기들
그 이야기들은 우리의 상상력을 자극한다

거대한 나무 그늘 아래에
그곳에는 용감한 모험가의 이야기도 있다
험난한 여정을 헤쳐 나간 그들의 이야기
그 이야기들은 우리의 용기를 북돋아준다

잠들지 않는 상상력의 이야기정원

그곳에는 수많은 이야기가 존재한다
우리는 그 이야기들을 통해
새로운 세계로 나아갈 수 있다
그 이야기들은 우리의 상상력을 키워준다

잠자던 영혼을 깨우는 젊은 태양아

잠자던 영혼을 깨우는
젊은 태양아
어둠에 묻혀있던 마음을 깨우네

새벽을 밝히며 떠오르네
따스한 빛으로
세상을 물들이네

힘을 잃은 이들에게 힘을 주며
희망을 잃은 이들에게
희망을 안기네

젊은 태양아, 그대
무한한 열정으로
어떠한 어둠도 물리치네

마음을 녹여내고 새 생명을
불어넣네
잠자던 영혼을 깨우네

젊은 태양아, 그대
순수함으로
우리의 마음을 정화시키네

순수한 빛으로
세상을 비추며
새로운 시작을 알리게 하네

젊은 태양아, 그대 영원히
빛나리라
우리의 영혼을 깨우네

새로운 날의
시작을 맞이하며
그대의 빛으로 세상을 밝히네

젊음의 눈빛에 나를 담고

젊음의 눈빛은, 맑고 청아하네
그 안에, 나를 담아, 바라보네
순수함과 열정이, 가득히 흐르네

청춘의 시간, 꿈과 희망이 피어나네
어디로 향할지, 알 수 없지만
젊음의 눈빛에, 나를 담으니
두려울 것 없네

비바람에도, 흔들리지 않네
푸른 잎사귀처럼, 성장하고
젊음의 눈빛에, 나를 담으니
세상을 이길 수 있네

새로운 시작, 도전과 모험 앞에
젊음의 눈빛은, 나를 응원하네
눈부신 미래, 그 안에 나를 담으니
설레임과 기대가 가득하네

젊음의 눈빛에, 나를 담고
세상을 향해, 나아가네
순수함과 열정, 그 안에 나를 품으니
영원히, 청춘일 것 같네

젖동냥으로 연명하던 시절

젖동냥으로 연명하던 시절은 굶주림과 가난의 나날이었다
내게 주어진 것은 오직 빈 배와 절망뿐이었다
그 시절의 내 모습은 보릿겨 한 줌에도 감사해야 했던
가녀린 삶의 끈을 놓지 않으려 발버둥 치던 모습이었다

젖동냥을 하러 다니시던 그 길은 멀고도 험난했다
그 길 위에서 나는 구차함과 수모를 겪어야 했다
젖먹이를 안고서, 내 새끼를 위해 먹을 것을 구걸했다
그 길 위에서 내 눈물은 마르고 또 마르기를 반복했다

젖동냥을 하며 살던 시절은 아픔과 슬픔의 시간이었다
하지만 그 시간 들은 내 삶의 밑거름이 되었다
그 시절의 아픔이 있었기에, 지금의 나는 더 강해졌다
그 시절의 절망이 있었기에, 지금의 나는 더 감사함을 느낀다

젖동냥으로 연명하던 시절은 내 삶의 변곡점이었다
그 시절을 이겨내고, 나는 내 힘으로 살아갈 힘을 얻었다
그 시절을 통해, 나는 희망을 품고 나아갈 힘을 얻었다
그 시절을 통해, 나는 더 나은 삶을 향해 나아갈 힘을 얻었다

젖동냥으로 연명하던 시절은 지나갔다
하지만 그 시절의 아픔과 절망은 내 절절히 마음속에 남아있다
그 시절의 나는, 지금의 나를 있게 한 소중한 시간이었다
젖동냥으로 연명하던 시절은, 내 삶의 일부로서 영원히 기억될 것이다

주는 것 중에 가장 소중한 것은 알아주는 것

알아주는 것
그것은 주는 것 중에 가장 소중한 선물

마음속 깊이 새겨진 이야기
진심을 담아 전하는 목소리

알아주는 마음, 그 안에서 우리는 서로를 이해하고
사랑과 우정을 키워간다

주는 것 중에 가장 소중한 것은
서로의 가치를 알아주는 것

작은 미소 따뜻한 말 한마디
서로를 향한 관심과 존중

알아주는 마음의 힘은
세상을 더욱 아름답게 만들어간다

받는 것보다 더 큰 기쁨은
서로를 알아주는 마음

그 마음이 모여, 우리는
사랑과 희망의 다리를 놓는다

주는 것 중에 가장 소중한 것은
나를 알아주는 마음이다

지독하게 삶이 고루하던 그 시절

지독하게 삶이 고루하던 그 시절
마른 바람이 불어와도
딱히 울음 섞어 내뱉을 일 없는
무심한 세월이었네

달빛조차 스미지 못하고
별빛조차 잠들지 못하던
구름에 가린 밤하늘처럼
고단했던 나의 젊음

꿈을 노래하는 자들조차
시들어가던 그 시절에
나는 고개 숙이고
보잘것없는 시간을 쫓았네

지독하게 삶이 고루하던 그 시절
구름에 빗방울 한 방울
머금지 못할 것 같은
무채색의 하늘이었다네

구름에 가려진 태양처럼
희미한 나의 젊은 시절은

아무도 기억하지 않는
암울한 구석진 자락이었네

하지만 지독한 그 시절의
고요한 숨결이 흘러
가시덤불 가득했던 심장에
단비처럼 내려앉았네

그 시절의 나에게
지독하게 고루했던 삶이
어떤 의미였는지
이제야 알 것만 같네

진정한 사랑꾼

진정한 사랑꾼은 마음을 다해
사랑하는 이를 위해 희생하네
그들은 사랑으로 가득 차 있으며
상대를 이해하고 보호하네

그들의 사랑은 깊고 진실하며
언제나 변함없는 믿음을 주네
그들은 상대방의 행복을 위해
자신의 모든 것을 바치네

진정한 사랑꾼은 상대방의 단점을
사랑으로 감싸주며 이해하네
그리고 서로의 장점을 살려
더 나은 모습을 만들어 가네

그들은 사랑으로 서로를 성장시키고
함께 행복한 길을 만들어 가네
진정한 사랑꾼의 사랑은 영원하며
세상에 빛나는 본보기가 되네

진정한 사랑꾼은 사랑의 힘을 믿으며
모든 어려움을 극복해 나가네
그들은 사랑의 아름다움을 알고
세상에 사랑의 향기를 퍼뜨리네

차가운 바람이 흩뿌리는 향기

차가운 바람이 불어오면
그 바람 속에는 향기가 실려있어
마치 나뭇가지에 걸린 추억처럼
향기로운 기억들이 흩날리네

봄날의 따스한 바람이 아닌
겨울의 차가운 바람을 타고
꽃향기가 은은하게 퍼져나가
마음을 흔들고 지나가네

향기는 바람을 타고
세상을 누비며 돌아다니네
그 향기를 따라가다 보면
잊고 있던 추억들이 떠올라

흩뿌려진 향기가
마음속에 스며들어
차가운 바람 속에서도
따스한 온기를 느끼게 해주네

겨울의 차가운 바람 속에서도
향기는 피어오르고
그 향기를 따라가다 보면
언제나처럼 봄이 찾아오네

청춘, 꿈의 날개를 펼치며

청춘, 그대여, 꿈의 날개를 활짝 펴라
푸른 하늘을 향해 높이 날아오르며
불멸의 열정으로 세상을 빛내라

젊은 날의 열정과 패기가 넘쳐
무한한 가능성의 문을 열어젖히네
꿈을 향해 달려가는 청춘의 발걸음
빛나는 미래로의 여정이 시작되네

어떠한 시련에도 굴하지 않는
강인한 의지로 어려움을 헤쳐 나가네
청춘은 꿈의 날개를 타고 높이 날며
세상에 새로운 희망을 심어주네

찬란한 청춘의 빛을 발하며
불멸의 꿈을 향해 달려가네
그대의 열정이 세상을 밝히고
청춘의 날개가 세상을 바꾸네

청춘, 그대여, 꿈을 향해 나아가라
불멸의 청춘, 그대만의 이야기를 펼치며
세상에 아름다운 흔적을 남기네

청춘, 그대여, 꿈의 날개를 펼치며
세상에 불멸의 흔적을 새기네

청춘의 노래

청춘의 열정으로 가슴이 뛰고
세상을 향한 꿈이 빛나네
청춘의 노래를 부르자
세상에 우리의 힘을 보여주자

청춘의 빛나는 눈동자는
새로운 세계를 꿈꾸고
청춘의 강인한 의지는
어떠한 어려움도 이겨낸다

청춘의 열정은 세상을 밝히고
우리 모두를 하나로 묶어준다
청춘의 노래를 부르자
세상을 향한 우리의 의지를 보여주자

청춘의 빛나는 날들에
우리가 함께 나아갈 길을 열어주자
청춘의 노래를 부르자
세상에 우리의 청춘을 알리자

청춘의 노래를 부르며
세상에 우리의 열정을 전하자
청춘의 빛나는 미래를 향해
함께 나아가는 우리의 청춘을 노래하자

청춘의 항해

청춘의 항해가 시작되네
푸른 바다를 향해 나아가는
열정과 꿈이 가득한 청춘의 배여

거센 파도를 헤치며 앞으로 나아가네
어떤 시련도 이겨내며 전진하는
청춘의 강인함이 바다를 누비네

청춘의 항해는 새로운 경험
세상에 대한 호기심과 모험으로 가득하네
빛나는 청춘의 항해를 시작하네

순풍에 돛을 달고 앞으로 나아가네
청춘의 뜨거운 열정과 의지
바닷바람에 실려 힘껏 나아가네

청춘의 항해는 자신만의 길을 개척하네
세상에 빛나는 청춘의 흔적을 남기네
빛나는 청춘의 항해가 끝나지 않기를

청춘의 항해는 세상을 향한 도전
자신만의 이야기를 만들어가지
그 아름다운 청춘의 항해를 응원하네

촛불의 불빛이 비추는 추억

촛불의 불빛이 추억을 비추네
따뜻한 불빛이 마음을 가득 채우네
지난날의 이야기가 불빛 사이로 흐르네
촛불의 불빛이 추억을 전하네

불빛이 추억을 깨우며 춤을 추네
마음을 따뜻하게 하는 과거의 이야기
촛불이 전하는 추억의 향기
불빛이 마음을 따스히 감싸네

촛불의 불빛이 추억을 비추네
따뜻한 불빛이 마음을 가득 채우네
마음을 그리움으로 물들이네
촛불의 불빛이 추억을 키워가네

불빛이 추억을 깨우며 마음을 달래주네
촛불이 전하는 따뜻한 이야기
추억이 담긴 향기가 마음을 채우네
촛불의 불빛이 추억을 전하네

촛불의 불빛이 추억을 비추네
따뜻한 불빛이 마음을 가득 채우네
지난날의 이야기가 불빛 사이로 흐르네
촛불의 불빛이 추억을 전하네

추억의 정원에서 피어나는 꽃들의 향연

추억이 피어난 정원에서
꽃들의 향연이 펼쳐지네
한 포기 한 포기
추억의 향기가 번지네

봄날의 벚꽃이 만개한 그곳
첫사랑의 꽃이 피어나던 그 순간
여름날의 해바라기 밭
추억의 꽃들이 향기를 품네

코스모스가 흔들리는 가을의 정원에서
추억의 꽃들이 춤추네
이 향기로운 정원에서
추억은 더욱 깊어지네

추억의 정원에서 피어나는 꽃들
그들은 우리의 마음을 달래주네
아름다운 추억을 기억하며
우리는 그 속에서 위로를 받네

추억의 정원에서 피어나는 꽃들의 향연
그것은 우리의 마음을 가득 채우네
추억이 피어난 이곳에서
우리는 다시 행복한 꿈을 꾸네

추억의 파노라마

추억의 파노라마가 펼쳐지네
과거의 장면들이 스쳐 지나네
어린 시절의 웃음소리
첫사랑의 설렘이 떠오르네

따스한 햇살 아래서 놀던 기억
비 오는 날의 추억
소중한 사람들과의 만남이
파노라마처럼 펼쳐지네

추억은 우리의 마음을 따뜻하게
안아주고, 미소를 짓게 하네
추억은 우리의 삶에
아름다움을 더해주네

추억은 우리의 마음을
행복하게 만들어주네
추억은 우리의 삶에
깊은 의미를 부여하네

추억의 파노라마는 우리의
마음을 여행하게 하네

추억은 우리의 삶에
변하지 않는 가치를 남기네

추억은 우리의 마음을
더욱 풍요롭게 하네
추억의 파노라마에서 우리는
영원한 행복을 찾네

쿵쿵대는 가슴, 그 울림은 누구에 의한 것일까

쿵쿵대는 가슴, 그 울림은 누구에 의한 것일까
사랑의 열기로 인해, 가슴은
쿵쿵대며 두근거린다

그 두근거림은, 그리움에 의한 것일까
그리운 그 사람을 향한 마음이
가슴을 두드린다.

혹은, 설렘과 기대의 울림일까
새로운 만남과 시작을 기다리는 마음이
가슴을 쿵쿵대게 한다

우리의 인생은, 그 울림으로 가득 차 있다
기쁨과 슬픔, 사랑과 이별의 울림이
가슴을 울린다

이 모든 울림은
우리 자신의 것이다
우리는 그 울림을 느끼며, 살아가고 있다

쿵쿵대는 가슴, 그 울림은
우리 자신의 이야기이다
그 이야기를 따라, 우리는 살아가고 있다

키스 타임의 찐한 추억

키스 타임, 찐한 추억이 되살아나네
따스한 입술과 부드러운 손길이 만나
세상의 모든 소음이 멈춘 순간이었네

달빛 아래, 별빛이 내리는 그 밤에
서로의 마음을 깊이 나누었네
열정과 사랑의 불꽃이 타오르며
키스 타임은 영원히 기억될 추억이 되네

서로의 숨결과 눈빛이 어우러져
세상의 모든 걱정이 사라졌네
두 개의 심장이 하나 되어 뛰는 순간
키스 타임은 우리의 사랑을 확인해 주었네

붉은 장미처럼 뜨거운 열정이
은은한 달빛처럼 포근한 사랑이
키스 타임에 우리의 마음을 하나로 묶었네

이제는 추억이 된 그 순간을 떠올리며
우리는 여전히 서로를 사랑하네
키스 타임의 찐한 추억은
우리의 사랑이 영원히 이어지리라는 약속이네

파도가 전하는 바다의 이야기

파도가 바다의 이야기를 전하네
바닷가에 흩날리는 추억의 조각들
바다의 이야기가 파도 사이로 흐르네
파도가 전하는 바다의 이야기

파도가 바다의 마음을 전하네
바닷바람에 실려 오는 추억의 노래
바다의 이야기가 파도와 함께 흐르네
파도가 전하는 바다의 이야기

바다는 이야기를 품고 파도를 보내네
바다의 이야기가 파도 사이로 흐르네
마음을 가득 채우는 추억의 조각들
파도가 전하는 바다의 이야기

바다의 이야기가 파도의 노래로 흐르네
파도가 바다의 마음을 전하네
마음을 평온하게 하는 추억의 노래
파도가 전하는 바다의 이야기

바다의 이야기가 파도에 실려 흐르네
파도가 바다의 마음을 전하네
추억이 담긴 바다의 이야기
파도가 전하는 바다의 이야기

한 많은 세월, 고통과 슬픔은 끝내 지리라

한 많은 세월, 그 속에 담긴 고통과 슬픔
그것들은 우리의 마음을 무겁게 짓누른다
하지만, 그 무게에 굴복하지 말자

우리는 그 세월을 견뎌왔고
그 고통과 슬픔을 이겨냈다
그 인내와 강인함은 우리의 생명을 지탱해 준다

세월은 흘러가고, 아픔은 스러진다
고통과 슬픔은 언젠가는 끝난다
그 끝에는 새로운 시작이 있다

우리는 그 끝을 향해 나아가야 한다
우리의 마음속에는 희망이 있다
그 희망은 우리를 앞으로 나아가게 한다

한 많은 세월, 고통과 슬픔은 끝내 지리라
우리는 그 끝을 향해 나아가고
새로운 시작을 맞이할 것이다.

한결같은 마음으로

한결같은 그 마음, 계절의 변화에도
흔들림 없이 굳건히 자리한 너의 사랑
변함없는 시선으로 나를 비추네

시간이 흐르고 계절이 바뀌어도
언제나 한결같은 모습으로
내 곁을 지켜주는 너의 마음

세상이 변하고 모든 것이 달라져도
너의 진심은 변하지 않으니
그대의 변함없는 마음에 기대어

나는 오늘도 힘을 얻고
새로운 내일을 향해 나아가네
변함없는 마음으로 함께 하기를
그렇게 우리, 영원히 함께 하기를.

햇살의 편지

햇살이 편지를 쓰네
따스한 미소와 함께
온 가슴에 꽃이 피어나고
행복이 찾아오네

햇살이 편지를 보내네
따스한 포옹과 함께
마음을 따뜻하게 감싸주고
위로를 전해오네

햇살이 편지를 전해주네
희망의 메시지와 함께
어두운 길을 밝혀주고
새로운 힘을 주네

햇살이 편지를 날려 보내네
사랑의 기운과 함께
모든 이들을 향해 퍼져나가고
행복의 물결을 일으키네

햇살이 편지를 통해 말하네
너와 내가 하나 됨을

따스한 햇살 아래서
우리는 모두 하나 되네

햇살의 편지를 받으며
우리는 사랑과 희망을 느끼네
햇살이 편지를 통해
우리의 마음을 채워주네

행복은 늘 가까이에 있어

그것은 우리의 일상 속에 자리 잡고 있어
아침에 일어나 얼굴에 닿는 부드러운 햇살
잠들기 전 창문으로 스며드는 달빛의 포옹
이 모든 것들이 우리에게 행복을 선물한다

봄바람에 춤추는 나뭇가지의 몸짓
가을날의 고요함 속에서 노래하는 새의 목소리
자연이 우리에게 주는 선물들은
우리의 마음을 따뜻하게 만들어준다

행복은 우리의 주변 사람들과의 관계에서도 찾을 수 있다
가족의 사랑, 친구의 미소, 연인의 손길
이러한 소중한 관계들이 우리를 행복하게 만들어준다

그리고 우리의 마음 속에도 행복은 존재해
작은 성취감, 감사의 마음, 희망의 빛
이러한 내면의 행복들이 우리를 더욱 풍요롭게 만들어준다

그러니 행복을 찾아 멀리 떠나지 마
행복은 우리의 일상 속에, 우리의 주변에
우리의 마음 속에 늘 함께하고 있으니까

호수 위에 떠 있는 달그림자

호수 위에 떠 있는 달그림자는
그 고요한 아름다움에 취해
나는 물가에 앉아있다
달빛이 물결 위로 춤을 추고
그림자는 수면 위에서 흩날린다

어둠이 내려앉은 호수 주변
별들이 고개를 내밀며 인사를 건네고
바람은 달의 노래를 실어온다
달그림자는 물결 따라 움직이며
내 마음속에 아련한 그리움을 남긴다

달그림자, 그 은은한 미소에
나는 잠시나마 시간을 멈추고
그 순간을 영원히 간직하고 싶다
호수 위에 떠 있는 달그림자
그 아름다움은 나의 마음을 달래주고
다시금 나를 현실로 불러온다

달그림자와 함께한 순간들
그 기억은 내 마음속에 영원히 머물러
언제나 나를 달래주는 그리운 향기로 남을 것이다

홀로된 사랑

홀로된 사랑, 그 이름은 외로움
그대만을 향한 그리움으로 가득 차
가슴을 아프게 하는 사랑이네

홀로 선 그대, 그대만의 사랑
다른 이에게는 보이지 않는
숨겨진 아픔이네

사랑한다는 말조차 전하지 못한
그대만을 향한 그리움으로
가슴을 가득 채워버린 사랑

홀로된 사랑, 그대만의 비밀
다른 이에게는 알려지지 않은
은밀한 아픔이네

홀로 선 그대, 그대만의 사랑
다른 이에게는 느껴지지 않는
숨겨진 감정일세

사랑한다는 말조차 전하지 못한
그대만을 향한 그리움으로

가슴을 아프게 하는 사랑

홀로된 사랑, 그대만을 위한
세상 그 누구도 알지 못하는
은밀한 사랑이네

외로움에 싸여 홀로 선 그대
그대만의 사랑을 간직하며
그렇게 홀로 서 있네

흐르는 강의 끝자락에서

흐르는 강의 끝자락에 서 있다
끝없이 이어지는 물결의 흐름이
내 마음을 따라 흐르고 있다

강의 끝자락에는 수많은 이야기들이
흐르는 물결에 실려 흘러간다
그 이야기들은 어디로 가는 걸까

강의 끝자락에서는 흘러가는 것과
머무르는 것의 경계가 모호하다
나는 어느 쪽에 서 있을까

강의 물결은 흘러가면서도
자신의 길을 만들어간다
그 길은 어디로 향하는 걸까

흐르는 강의 끝자락에서
나는 나의 길을 찾아간다
강의 물결처럼, 나의 길도
흘러가면서도 만들어가련다

희망의 그림자

희미하게 드리워진
희망의 그림자가 되어 흐른다

어두운 밤하늘에 떠오르는
작은 빛이 희망을 전한다

희미한 그림자 속에
빛이 비추는 순간이 온다

희망의 그림자는
어둠을 밝히는 힘을 가진다

희미하게 보이는 희망의 빛
마음을 따뜻하게 한다

희망의 그림자 아래에서
우리는 기다림을 배운다

희미한 그림자 속에서
작은 빛이 우리에게 희망을 준다

희미한 그림자에서 시작된

희망의 여정이 이어진다

희미한 그림자 아래에서도
우리는 희망을 품는다

희미한 그림자가 사라질 때
희망의 빛이 더욱 밝게 빛난다

희망의 날개를 단 나비의 여정

자유롭게 하늘을 누비는 나비
희망의 날개를 달고 날아간다
깨질 듯이 연약한 날개로도
그녀는 세상을 향해 날아오른다

허공을 가로지르며
그녀는 꿈을 꾼다
푸른 초원과 화려한 꽃밭을
그녀는 그리워한다

험난한 산과 깊은 계곡을 지나며
그녀는 시련을 맞이한다
하지만 그녀는 포기하지 않는다
희망의 날개로 시련을 넘어선다

어느새 도착한 푸른 초원
그녀는 꽃밭에서 춤을 춘다
희망의 날개로 날아온 그녀의 여정
그녀는 새로운 시작을 연다

희망의 날개를 단 나비의 여정
그녀의 여정은 우리의 여정과 닮았다
우리의 삶도 나비의 여정과 같이
힘들지만 아름다운 여정이다

잠자던 영혼을 깨우는 젊은 태양아

초판 발행 2025년 4월 25일
지은이 **이문학**
펴낸이 김복환
펴낸곳 도서출판 지식나무
등록번호 제301-2014-078호
주소 서울시 중구 수표로12길 24
전화 02-2264-2305(010-6732-6006)
팩스 02-2267-2833
이메일 booksesang@hanmail.net

ISBN 979-11-87170-89-1
값 10,000원